書下ろし

女帝の遺言

悪女刑事《デカ》・黒須路子

沢里裕二

祥伝社文庫

目次

プロローグ　5
第一章　謀略のリズム　12
第二章　暗い海　52
第三章　黒いエンタテインメント　98
第四章　黄金のメロディ　135
第五章　抹殺のハーモニー　171
第六章　女帝の遺言　229

プロローグ

すでに朝方だった。

隣で真っ裸の男が眠っていた。四十歳ぐらいの中肉中背で、顔と腕だけがやけに日焼けしている男だ。ナイトテーブルの上に、男のトレードマークであるロイド眼鏡《めがね》が放り投げてあった。

小島茜《こじまあかね》は、そっとベッドから降りた。自分も真っ裸だったので、すぐにバスローブを羽織《はお》る。

溜池《ためいけ》交差点に近い老舗《しにせ》ホテルのジュニアスイートだ。

茜には、その男の寝息が、徐々に大きくなっているように感じられた。

手と口で奉仕した後に、騎乗位《きじょうい》でさんざん腰を振らされた。どれだけ速く振っても、もっと速く、もっと速くと何度もせがまれ、本当に腰がおかしくなってしまいそうだった。

あげくの果てに、男は出さずに眠ってしまった。その後、徐々に鼾《いびき》が大きくなった。

バカにされた気分だ。

茜は、窓に進み、分厚いドレープカーテンを開けた。真下に六本木《ろっぽんぎ》通りが見える。白み始めた空の下、見慣れた真っ赤なアルファードが反対側の通りに停車していた。

迎えの車だ。

茜は、車に向かって親指を立てた。

アルファードがパッシングをした。ドライバーはずいぶん前から双眼鏡で覗いていたのだと思う。

新人の付き人のはずだ。

ふざけて、バスローブを広げ、陰毛を、ガラスにくっつけて見せた。黒々とした茂みが張り付き、ひんやりした。

アルファードが嗤《わら》うように何度もパッシングを返してくる。車ごと興奮しているようで愉快だ。

その下の紅いところも割り広げて見せてあげようかと思ったが、茜は、考え直してすぐにバスローブもカーテンも閉じて、バスルームに飛び込んだ。

見せすぎは、飽きを早めるだけだ。

熱いシャワーを浴びながら、バスタブに湯を注いだ。

ことが終わったら、後はたっぷり湯に浸《つ》かり、気持ちの切り替えをするのが一番だ。あの頃からの習慣だ。

バーで、あいつに『今夜は一発頼む』と両手を合わせられた。

こんなことをするのは、たぶん五年ぶりだ。

いまだに『この役かよ』と閉口したが、実は頼んできたあいつも、まだ性の接待をやっているというので、納得した。

さらに上に行きたければ、男も女も身体《からだ》を張るのが一番、というものだ。

相手の男のことはよく知らない。

バーでは何度か見かけたことがあるが、口をきいたことはなかった。いつも取り巻きに囲まれてやって来ては、すぐに一番大きな個室に消えていく。

取り巻きは、芸能界系、広告代理店系、それにベンチャー企業の経営者たち。そんな連中がほとんどだ。彼らとは茜も懇意《こんい》にしていた。

だが、この男とは、三時間前まで話したこともなかった。気軽に接触出来ない空気が、店のスタッフたちから発せられていたからだ。

西麻布《にしあざぶ》の会員制バーでは、空気の読めない女は、即刻はじき出される。暗黙のルールは守らねばならない。

男が来ると、いつも三十分ほど後に、大きなサングラスをした女がやってきた。年齢不詳だが、服装から推測するに相当なセレブだ。ブランド物などではない、誂《あつら》えのスーツやコートばかり着ている。羨ましい限りだ。

その女が入ると、取り巻きたちですら、一斉に個室から出てくる。別の部屋で飲み始めるのだ。茜は、そっちの部屋にはよく呼ばれる。会話するだけで、みんなお小遣いをくれるので最高だ。それも、目の前で現金を出すなんて野暮《やぼ》なことはしない。帰りに店のマネジャーが、こっそり『皆さんからの気持ちです』と言ってぶ厚い封筒をトートバッグの中に突っ込んでくれる。

いわゆるギャラ飲みってやつだ。

自分もやっと、ギャラ飲みが出来るレベルになったのだと、我ながらこの五年の成長ぶりを褒《ほ》めたくなる。

寝た男の名前は大輔《だいすけ》といった。苗字は聞いたが忘れた。あいつや取り巻きの連中も大輔さんと呼んでいたので、そう呼ぶことにし、それ以上は訊《き》かなかった。

それも暗黙のルールだ。

『週刊誌に撮られても、茜の方が得な相手だ』

あいつの言葉が耳殻《じかく》の奥に蘇《よみがえ》る。願ってもない話だ。

私も、五年目にして伸び悩んでいる。ここらで一発世間を騒がせたい。

湯を張ったバスに浸かり、目を瞑《つむ》った。

気乗りしない相手とは言え、快楽の極限を見る前に終了されてしまったので、股の奥底がまだ燻《くすぶ》っていた。発情の熾火《おきび》とでも言えばいいのだろうか。

目を瞑ったまま、今夜のウリを頼んできたあいつのことを想い、心の赴くままに指を動かした。

背中が次第に反りかえり、膝がピンと伸びる。

最後は後頭部をカツンとタイルの壁にぶつけ、果てた。

週刊誌の記者が張っているかどうかは不明だが、打ち合わせで先に出ることになっている。部屋に入ったのも自分が先だった。

茜は、バスルームから出ると、丹念に化粧をした。

ストライプのシャツに黒のレザーパンツを穿《は》き、赤いハットを被った。それに幅の広い蝶番《ちょうばん》とテンプルのサングラスをかけた。

「大輔さん、お先に」

ベッドの上から声をかけた。

男は口を大きく開けたままだ。鼾はなくなっている。

ちょっと妙な気がした。

茜は、大輔の顔に耳を近づけた。

呼吸《いき》はあった。

だがその息継ぎの間隔が、やたら長かった。

疲労がたまっているうえに飲みすぎたせいだろう。茜は、そのまま部屋を出た。堂々と歩廊を歩き、エレベーターに乗った。

週刊誌の連中がいたら撮影して欲しい。

ロビー階に降りる。

メインダイニングから、コーヒーと焼きあがったばかりのパンの匂いがした。それにバターの香りもする。まもなく朝食ビュッフェが始まる時間だった。

茜は、スクランブルエッグとカリカリに焼いたベーコンの魅力に惹かれながらも、地下駐車場への専用エレベーターへと向かった。

すでに赤のアルファードは待機していた。

「どっかのホテルで朝食をとりたいんだけど」

後部座席に座るなり伝えた。鬱陶《うっとう》しいサングラスとハットを外し、ドライヤーを当てたばかりの髪を振った。

「はい。どちらへでも」

新人のドライバーが言った。

「日比谷《ひびや》」

「はい。日生《にっせい》劇場の隣ですね」

「そう」

不愛想に答えた。セックスをしてきたばかりの女と知られていることに、照れがある。

アルファードは六本木通りを霞《かすみ》が関《せき》に向かって進んだ。

茜はスマホを取った。

仲の良いヘアメイクアーティストの上島舞子《うえしままいこ》に電話する。茜のメイク担当だ。毎朝五時からジョギングをしている女なので、朝食の相手にはちょうどいい。

アルファードが内堀《うちぼり》通りに突き当たり右折した。

皇居の森の上に青空が広がっている。なんだか清々《すがすが》しすぎて気持ちが悪い。お濠端を走るランナーの群れに、舞子の姿を探したが、さすがに見つけられなかった。

とにかく、スクランブルエッグにカリカリのベーコンの朝食だ。それから麻布十番のマンションに帰って昼過ぎまで眠る。

今日のスケジュールはトーク番組が一本だけ。局入りは午後五時だ。

第一章　謀略のリズム

1

顧客との取引データを抜き取ることは難しい。

下手《へた》に外部メモリーなどを差し込むと、すぐに本店警備室の警報が鳴る仕組みになっている。不動産業者にとって売買記録はもちろんのこと、賃貸物件の貸主、借主のデータも、決して外部には漏らしてはならない個人情報である。

それがたとえ、極道《ごくどう》や海外に住む外国人であってもだ。

谷村《たにむら》香織《かおり》は、マウスホイールを素早く回転させ、リストを追った。目の前のディスプレーに都内全域の賃貸者リストが次々に駆け上がる。

『三森《みつもり》ホームズ』勝鬨橋《かちどきばし》営業所。火曜の午後四時のことだ。

三森ホームズは、デベロッパーである三森不動産の完全子会社で、中古物件の仲介と賃貸を専門にしている。旧財閥である三森グループの一翼を担《にな》ってはいるものの、全国主要都市に展開してる営業所の業務は、町の不動産屋とほとんど変わらない。

月曜、火曜が定休日なので、オフィスには誰もいなかった。

香織は急いだ。

稼働中の五千件以上の借主の名簿から、一人の名を拾い出すのは骨が折れる作業だが、いよいよ、任務も最終段階となったことで、気分は高揚していた。

この顧客リストにアクセス出来るようになるまで二年かかった。それでも潜入した甲斐《かい》があったというものだ。

一時間でその名前は割り出せた。

矢崎孝弘《やざきたかひろ》。三十五歳。

指示された人物と一致する氏名が、実際にファイルにあったことに驚いた。公安《ハム》の絞り込みはさすがだ。

矢崎は錦糸町《きんしちょう》のワンルームマンションを借りていた。香織はすぐにその住所を紙に手書きした。

アナログな作業だが、それがもっとも確実な写しの手段であると、二年前に府中《ふちゅう》の警察学校で、教えられた。公安工作員になるための特殊訓練だ。文字は自分にしかわからない符牒《ふちょう》で書くのだ。

休日のオフィスとは言え、誰がやってくるかわからなかった。

香織は残っているリストを必死に目で追った。

香織は警視庁公安部第七課特殊潜入班の工作員だ。

三年前にスカウトされてこの職に就《つ》いている。スカウトされたというよりも、半ば強制的に組み込まれてしまった、と言った方が正確かも知れない。

元は劇団の女優だった。

大学時代から所属していた劇団が、実は過激宗教集団の隠れ蓑《みの》であったとは露《つゆ》知らず、いずれスターになれるのではないか、と淡い期待を抱きつつ、演技の修業に明け暮れていたのだ。

まったくめでたい女優志望者だった。

それが三年前、いきなり稽古場《けいこば》に、刑事たちが踏み込んできて、五人の幹部が連行されていった。

東京オリンピックの開会式にボランティアとして潜《もぐ》り込み、爆弾テロを計画していたらしい。稽古場に置いてあった舞台設備や小道具の箱の中に凶器や覚醒剤《かくせいざい》が隠されていたのだ。

劇団員や熱心な客たちを洗脳するために覚醒剤を用い、隠した凶器で、資産家を襲撃する計画も立てていたというのだから驚きだ。

その劇団は、十年も前から公安《ハム》が監視していたそうだ。

当然、劇団は壊滅し、どういうわけか香織はハムにスカウトされた。

演技力を国家のために使う気はないかと、大上段に口説かれ、それも悪くはないと、大見得を切った。

なんのことはない。

ハムは、香織を手元に置いて観察したかっただけだ。

第七課は、非公然組織なので桜田門《さくらだもん》に登庁したことはない。

採用と同時に、府中の警察学校で、他の警察官とは別に訓練を受けた。十名ほどの特殊選抜メンバーだった。どういうわけか、それぞれが公安本科の訓練の他に、資格取得を義務付けられた。香織は宅地建物取引士だった。

半年間、集中的に不動産取引の知識を叩き込まれ、無事国家試験に合格した。他のメンバーも税理士、通関士、危険物取扱者、行政書士などの資格を取り、目的地へと送り込まれた。彼らの行き先は聞かされていない。

六か月の訓練中も個人的な会話は禁じられていたので、素性《すじょう》は知らない。

任務は三森ホームズに入社し、社内に根を下ろすことであった。それ以外のことは何も言われなかった。

『命令は、ある日突然下りる。その日まで「三森ホームズ」の人間として働いてくれればいい』

と当時の教官から、言われていた。

香織は、この二年間、たんたんと営業に励《はげ》んでいた。

大学時代より劇団に所属し、女優を目指していたので、不動産営業レディという役を演じることで、意外なほど成績を上げていた。

営業成績を上げたいという野心は当然なく、とにかく役になり切って、社内の信用を勝ち得たいという気持ちが、結果として営業成績を上げたということだ。

賃貸よりも中古マンションの物件の売買に腕を振るうことが出来た。

新型コロナウイルスの感染の最中《さなか》にあっても、不動産取引件数は減少せず、むしろ増加する傾向にあった。

不動産購入には多くの思惑が交差する。

リモートワークの普及で、都心のタワーマンションから郊外の戸建てへと移住しようとする人々が増える一方で、コロナ後を見据え、都心のマンションを購入しようという人たちも、大勢いる。

居住すると同時に、資産となる不動産物件には、そうした先物取引的な要素が付きまとう。

特にタワーマンションが林立する勝鬨橋営業所では、その思惑が顕著に表れていた。

都心のタワーマンションを積極的に購入しているのは、外国人が圧倒的に多い。

この国の不動産を購入することに、外国籍であるという制限はない。この国へ敵意を持つ外国人であっても、いとも簡単に土地や建物が買えてしまうのだ。

利益重視の不動産会社にとっては、相手が誰であっても売却出来るのは、ありがたい話だが、公安の視点に立つと、それはとてつもない危うい状況となる。

合コンで出会った商社マンや広告代理店マンが、よくその辺のことを訊いてきた。それぞれの企業に潜入している工作員たちだ。

工作員同士の接触方法でもっとも多いのは合コンだった。

香織は、そんな合コンでは、以後、自分を介さずとも情報がとれそうな尻の軽い同僚女を紹介してやっていた。

逆に、自分は決して工作員のいる会社の男とはやらない。監察される材料になるだけだからだ。

データスチールのミッションは、今回が初めてだった。

聞かされていた『大岡忠介《おおおかただすけ》』がついに現れたのだ。

先週、ネットに掲示していた晴海《はるみ》のタワーマンションの一室に、内覧希望が入った。賃貸物件だった。

物件現場にやってきたのは、グレンチェックの高級そうなスーツにノーネクタイ、ノーバッグという、いかにもベンチャー企業の成功者らしい恰好《かっこう》の男だった。

だが、差し出された名刺に刻印された社章と氏名に、香織は目を見張った。

男の名は、大岡忠介。社章は桜である。

潜入する際に、教官から聞かされていた名だ。

――大きなミッションの発令には、大岡忠介という男が直接会いに行く。その名の男が行ったら、それがその潜入現場での最終ミッションになる。実行したら、速やかに退職しろ。谷村香織という人物のその後の行方は、こちらが管理する――。

そういう指示だった。

本名である谷村香織と、そこで別れを告げるということだ。

裏を返すと、翌日から違う名前が与えられ、本採用としての任務が与えられる。

そして谷村香織という名前とキャリアは、いつか、どこかで、まったく違う人物が引き継ぐことになる。

出会ってみたいものだ。谷村香織のその後の人生を知ることが出来る。

香織は、腹を括《くく》って大岡忠介に応対した。

大岡忠介は四十歳ぐらいに見えた。会社名は『桜田《さくらだ》食品貿易』。

「東ヨーロッパ各国から、ハムを輸入しています」

『いかがでございましょう。間取りも景観も申し分ないかと。この広さで三十五万は、相場よりややお得かと思います』

香織は、いつも通りの営業トークで返した。保証金や仲介手数料で約百五十万の経費になることなどを説明した。

『ここに決めます。契約書を名刺の住所に送ってください。手付けとして百万でいいですね。残金は、明日にでも振り込みます』

言いながら、男は封筒を差し出してきた。

香織は封筒から取り出して枚数を検《あらた》めようとしたが、その手がすぐに止まった。

百万円札の帯封《おびふう》の間に、紙片が挟んであった。細かな字で、名前がいくつも書いてある。

『後ほど検めておきます。契約書は速やかに』

『火曜日までにお願いします。出張しなくてはなりませんので』

会話はそれで充分だった。翌日『桜インテリアラボ』の名義で残金五十万が振り込まれてきた。

メモにあった名前は、三名。

野津《のづ》正幸《まさゆき》、矢崎孝弘、武藤《むとう》勝昭《かつあき》とある。

それがどんな人物たちなのかは不明だった。公安工作員の任務は末端になるほど分業化されている。

香織の任務は、あくまで渡された氏名に合致する住所があるか探しだすことだけである。

もちろんこれらの人物たちは、偽名やなりすましである可能性が高いが、それを割り出すのは、別な工作員の任務である。

公安は、国内の主要不動産会社に、香織と同じような工作員を多数、潜り込ませている。なりすましにしろ偽名にしろ、名前が浮上した段階でその人物の所在を突き止めるためには、頻繁に法務局に出向き、物件所有者の登記状況の確認を行い、自社に大量の取引データや顧客情報がある不動産会社社員が最適だからだ。

香織は、ひたすらマウスホイールを回し続けた。

なかなか合致する名前は見当たらない。

二十分後、ようやく二人目の武藤勝昭という名が見つかった。広尾《ひろお》のヴィンテージマンション『シャトー王宮』に入居していた。

半年前に青山《あおやま》営業所が仲介していた、百平米の3LDK。家賃は月額八十五万円だった。

最初に見つけた矢崎孝弘とは異なったイメージの住居だ。

住まいの格から見て、この武藤勝昭が、なんらかの工作の首謀者なのではないか？

だが、このデータからは氏名と住所、取引年月日しかわからない。より詳細な個人データには、別なデータを開けなければならない。

大岡からはそこまで依頼はされていない。依頼されたのは、住所の特定だけだ。そこから先の探索や尾行は、別な工作員の任務となるのだ。

だが、個人情報も調べることは出来る。

三森ホームズには、顧客の勤務先や運転免許証番号、緊急連絡先の電話番号などが記入されたファイルが別に存在するのだ。

そのファイルへアクセス出来るＩＤコードとパスワードも、香織はすでに取得していた。社則では、上司の許可を得たうえでアクセスすることになっていたが、上司が、拒否したことはなかった。

この時点で、もうひとりの野津正幸の名が、見つかっていない。そろそろタイムアップだった。

三森では、高額家賃の借主に関しては、本人の申告だけでなく、信用調査会社での裏取りもしている。

武藤に関してのそうした情報も入力されているのだ。

手柄を持って帰りたい気持ちが半分、自分自身の好奇心が半分、あった。好奇心とは、公安が目を付ける男とはどんな男なのかということであった。

強い欲求に駆られた。

顧客の個人データにアクセスするのは、三森ホームズの就業規則の重大違反となる。処分は確実だ。

だが——これが、最終ミッションだった。

懲戒免職なら、逆に手っ取り早く辞められる、というものだ。

目当てのファイルは間違いなく開いた。

武藤勝昭。一九七七年生まれ。四十五歳だ。

本籍地・東京都杉並区荻窪《すぎなみおぎくぼ》四丁目。

広尾のマンションに入る前の住所は、シンガポール・セントラル地区とある。住民票がいったん海外に出ているということだ。

職業欄には、経営コンサルタントとある。

二年半前に帰国し、青山営業所で賃貸契約していた。

運転免許証のコピーが添付されてあった。帰国以前に更新している。

一年前だ。

ご苦労なことだ。

運転免許証は、海外大使館では、絶対に更新出来ないのだ。

各都道府県の公安委員会の貴重なデータベースだからだ。

更新するには、なにがなんでも帰国し、運転免許センターか優良ドライバーであれば最寄りの警察署に赴《おもむ》き、規定の講習と検査を受けねばならない。

ただし、その際、住民票が国内になくても更新は受けられる。国内滞在証明書があればいい。

元の居住地に実家が存在すれば家族が証明書を書けばいいし、それがなくとも、更新のために一時帰国した際のホテルの支配人の一筆でも、こと足りる。

これは、公安委員会が、かならず三年ないしは五年に一度帰国させたいための行為だと糾弾《きゅうだん》されても、おかしくない。

どのぐらいの期間、シンガポールで暮らしていたのかは不明だ。不動産を借りるにあたって、そこら辺は重要ではない。

収入も事業内容も不明だが、信販系の著名な保証会社の審査に通っていた。武藤は信頼に足りるプロフィールの持ち主ということだ。

香織は添付されている運転免許証の顔写真を凝視した。

髪型は短髪。わずかにグレイを入れている感じだ。鼻梁《びりょう》が高く、黒縁の眼鏡をかけている。

二重《ふたえ》か一重《ひとえ》かははっきりしない。運転免許証の写真なので無表情だ。その人物の生活感とか人柄は、浮かび上がってこない。

プリントアウトしたいところだが、余計に疑われそうなので、香織はスマホを取りだし、画面を撮影した。

やや光っているものの、武藤のアップが撮れた。

と、そのときだった。

突如、オフィスの警報が鳴り出した。断続的になるブザー音だ。

――どういうことだ。

すぐにファイルを閉じ、パソコンをシャットダウンした。背後にある扉が、小さな金属音を立てた。

不吉な予感が過《よぎ》り、香織は立ち上がった。ビジネス用の黒革のトートバッグを肩に下げて、扉に駆け寄った。

ノブを回しても扉は開かなかった。

先ほど聞いた小さな音は、扉がロックされた音だったようだ。

香織は、焦《あせ》った。

パソコンは日本橋《にほんばし》の本社のサーバーに連結されているので、無許可で重要ファイルにアクセスした場合、強制シャットダウンされる可能性はあったが、オフィスの扉をロックされるとは意外だ。

そもそも勝鬨橋営業所は自社ビルではない。ビル管理会社の独自の警備になっているのではないのか。

香織は、すぐに本社総務部に電話した。

若い男が出た。岡野《おかの》と名乗った。当番出勤なのだろう。三森ホームズの従業員数は約四千名。同じ営業所で働いたことでもない限り、顔と氏名など一致しない。

「勝関橋営業所の谷村です。休日出勤していますが、支店のドアが突然ロックされました。どうしたらいいんでしょう」

「谷村さん、社員番号は?」

岡野に確認され、香織は番号を伝えた。西暦の入社年度が先頭についた七桁の番号だ。

「あぁ、勝関橋営業一課の谷村香織さんですね」

「そうです」

「谷村さん、いま申請なしで顧客の個人データファイルにアクセスしましたか?」

岡野は咎《とが》める調子でもなく、淡々と事実確認をしてきた。

「はい。私です。申し訳ありません」

まずは謝った。

「そうですか。これ自動的に『バーナードセキュリティ』に通知が行ってしまうんです」

バーナードセキュリティは三森ホームズが依頼している警備会社だ。

「営業所単位でもそうなんですね」

「はい、ドアの強制ロックは遠隔操作で出来る仕組みになっています。僕の方にも、先ほど連絡がありました。十五分以上もアクセスしているので侵入者ではないかと」

「ごめんなさい。それ、私です」

「谷村さん、せめて休出届《きゅうしゅつ》でも出してくれていたら、僕が直接そちらに確認電話をしたのですが。もうバーナードが緊急出動しちゃいましたよ」

大事《おおごと》になってしまった。

「ほんとうにすみません。どうしても営業をかけたい物件がありまして。明日まで待てなかったんですよ」

言い訳した。

「わかりました。不審者ではなく社員だと伝えます。ドアロックを解除してもらって、出動も止めてもらいます」

岡野は冷静だった。

自分に敬語を使っているところをみると、年下ではないか。

「本当に申し訳ありません。いまから課長あてに始末書を作成し、明日の午後に本社へ伺います。それなりの処分は覚悟しています」

始末書ではなく辞表の提出だ。

「すみません、僕も報告書には事実をそのまま書くしかないので。処分とかは、そちらの所長と総務部長との話し合いの結果だと思います。とにかくバーナードセキュリティへ連絡してロックを解除してもらいます。退出しましたら、ご一報ください」

岡野の口調は淡々としているが、爽やかさがあった。

「わかりました。必ず連絡します」

香織は電話を切り、解除を待った。

せっかく宅建士の資格を取ったのだが、どうやらこの仕事も今日が最後になりそうだった。スマホを切った。

暇つぶしにウエッブ・ニュースを閲覧した。

【民自党の衆議院議員の日高《ひだか》大輔氏（四十六歳）が中央区築地《つきじ》の自宅で亡くなっていた。死因は心筋梗塞《しんきんこうそく》とみられる。二〇日午前七時、迎えに入った秘書によって発見されたが、死後三日程度が経っていた。死亡推定時刻は七月十七日未明。秘書によると、日高氏は一六日午後九時から約二時間、六本木で支援者との会合に出席したのち帰宅。三連休は公務がなく自宅で過ごすと言っていたので、その間は連絡は入れていなかったという。警察は、議員がかねてより心臓弁膜症の治療をしていたことから、突然死と断定。事件性はないとしている。日高氏は東京都出身。当選三回。佐竹《さたけ》派に所属していた。葬儀、告別式については未定。外務省出身】

驚いた。自分が賃貸マンションを斡旋《あっせん》した政治家だった。

最高級の部類に入るハイテクマンション『キングハウス築地』の最上階だ。マンハッタンの高級マンションのように、居室に直結する専用のエレベーターがついている部屋だ。その名が気に入ったと借りてくれたのに、亡くなってしまったとは驚きだ。それも三日も前になくなって今朝発見されたとは、孤独死に近い。

香織が内覧の際に政治家になった理由を尋ねると『外務省に勤務していたが、キャリアではないので出世は知れていたから』と言っていた。

わからないでもない。

契約が成立した後に、食事に誘われたが、うまく躱《かわ》した。脇の甘い政治家だったので、いつかスキャンダルを起こすのではないかと、陰ながら心配していたが、まさかあの部屋で、ひとりで死ぬとは思ってもみなかった。

都合三度しか会ったことのない相手であったが、香織は窓の方に向かって手を合わせた。

勝鬨橋営業所という場所柄か、政治家の他にも多くの芸能人や官僚にも斡旋した。

芸能人の特徴は、売れているスターほど賃貸で転々とすることが多い。購入すると、登記簿に本名が載ることになり、所在地や資産が明白になってしまうからだ。

異性スキャンダルなどが発覚すると、マネジャーから連絡があり、その日のうちに、新たなマンションを探し出さねばならない。

彼らは、家具一式を新たに買い揃え、三日後には転居してしまうのだ。

住民票の異動もない。

一方、霞が関の官僚は、三十代後半で八千万前後の物件を購入する者が多かった。官僚同士のパワーカップルというパターンだ。

課長の話では、繰り上げ返済を連発し、ほぼ十五年で完済してしまうらしい。まさに計画性の権化《ごんげ》のような人たちだ。

カチャリとロックが解除される音がした。

香織は急いで、扉に駆け寄りノブを回した。

あっけなく開いた。

長居は無用だ。

通路に出で、岡野に電話した。

「無事に出られました。ありがとうございます」

「はい。了解しました。これで僕も五時に帰れます」

岡野の声には屈託がなかった。最後の勤務日に清々しい若者に出会えたような気がする。

残業までさせなかったのが、せめてもの救いだ。

エレベーターのボタンを押した。

扉が開くと、いきなり灰色の制服を着た警備員がふたり降りて来た。

ひとりは一重瞼《まぶた》のキツネ顔。もうひとりは欧米系の顔立ちだった。

どちらも巨軀《きょく》の筋肉質で眼光の鋭い男だった。ふたりとも角刈りで耳が反《そ》っている。警備員というより格闘家だ。

腰に三十センチほどの警棒をぶらさげていた。

連絡が行き違ったようだ。

「すみません。三森ホームズ谷村です。私が届けを出さずに入室し、顧客の個人データファイルにアクセスしたものですから、そちらの警報が鳴ってしまったようです。先ほど本社からバーナードさんに連絡してもらい、解除していただきました。ご迷惑をおかけしました」

深く頭を下げた。男たちの靴が見えた。黒革の編み上げブーツで、とても重そうだ。

「そうですか。社の方に確認させてもらいます」

キツネ顔の男が腰のベルトに手を回した。香織はスマホを取り出すものだと思った。が、男が握ったのはスマホではなく警棒だった。

しゅっと音を立ててひと振りした。

警棒が倍の長さに伸びる。

香織は、咄嗟《とっさ》に後方に飛び退《の》こうとした。だが、もうひとりの男が、脛《すね》に猛烈な蹴りを入れてきた。

「えっ」

香織は頽《くずお》れた。

その肩に思い切り警棒の尖端が叩き込まれる。痺《しび》れた。肩甲骨《けんこうこつ》に罅《ひび》が入ったのではないだろうか。

府中で学んだ護身術を使う暇はなかった。

ふたりに腕をとられ、エレベーターに乗せられた。

「うわっ」

欧米風の顔をした男に、扉が開く直前、腹部に膝蹴りをくらわされた。悲鳴を上げて、周囲に注目させるという最後の手段も奪われ、香織は、口から灰色の液体を噴き上げたまま気を失った。

2

「混ぜ物飲ませてファンを売ろうとするなんて、スターも落ちたものね！」

警視庁組織犯罪対策部特別捜査官の黒須路子《くろすみちこ》は、シャンパングラスを床に叩きつけた。

コンクリートにガラスと液体が花火のように飛び散る。

六本木のクラブのＶＩＰルーム。

「あんた何言ってんだ？　そんなもん、入れてねぇよ。あぁ、こら」

白のＴシャツにピンクのサマージャケットを着た青山和樹《あおやまかずき》が、火をつける前の煙草を咥《くわ》えたまま片眉《かたまゆ》を吊り上げた。

女三人に囲まれて飲んでいた。

テレビでは決して見せたことのない悪役顔《づら》だ。こっちが本当の顔であろう。

つい、三か月前。

青山は泥酔し六本木の路上で暴行事件を起こしたことで、ジャッキー事務所から契約解除されている。元アイドルユニット『スターシップ』のメインボーカルだ。

路子にとって、格好の獲物だった。

「もうじき鑑識が来るわ。床に散ったシャンパンの成分検査させてもらうわ。MDMA《マタ》の粉末がたっぷり混ざっているはずね。もうあんたを守ってくれる事務所はないのよね」

路子は、L字型ソファのコーナーでふんぞり返っている青山に警察手帳を提示しながら、啖呵《たんか》を切った。

「ちっ」

青山は、額に手を当てた。

アイドルとはいえ路子より二歳上の三十三歳だ。ライトを浴びていない素顔は、テレビで見るより老《ふ》けていた。

あまり時間はなかった。考えさせてはならないのだ。警察手帳は掲げているが、令状は持っていない。

「和樹君、どういうこと？　私たちをどうしようっていうの？」

となりに座っていた女がソファから立ち上がった。目がトロンとしている。すでにキマりはじめているようだ。OL風の楚々《そそ》とした感じの女だ。二十代前半。新卒二年目というところか。いずれファンクラブにいた了だろう。

「由美《ゆみ》、なんでもねぇよ。お前ら、俺と飲みたくてついてきたんだろう」

青山は、茶髪の髪を掻《か》き上げながら笑いかけた。

「それはそうだけど。うちら、そもそもヤッてもいいって思っているし……ねぇ」

由美という女が、他の二人を等分に見た。

ひとりがコクリと頷《うなず》き、もうひとりが、

「パンツ脱ぐ気で来ています」

と相槌《あいづち》を打った。すでにエロモードに入ってしまっている。

「クスリ、関係ないでしょう」

由美が眉間《みけん》に皺《しわ》を寄せて、路子を睨《にら》んでくる。

邪魔しないでよ、という目だ。

「ほら、刑事さん、俺はそんなことする必要ないんだってば」

青山が天井を向いて嘯《うそぶ》いた。防犯カメラが青山を見下ろしていた。誰かが、弁護士に連絡したらややこしくなる。

「あのね、由美さん……」

路子は詰めを急いだ。

「……この男はね、あんたたちとやる気なんてさらさらないのよ。タマを使ってみんなをエロモードにしたのは、他の連中に食わせる気なのよ」

「他の連中って……嘘よね？」

由美が、青山の股間に手を伸ばしながら蕩《とろ》けたような眼差《まなざ》しを向けている。路子は、由美の肩を摑《つか》んだ。

「目を覚ましなさいよ。こいつはね、政界、財界のお偉方への接待要員、囮《おとり》要員のスカウト役なのよ」

無駄だと思うが、揺すりながら説得した。由美は顎《あご》を横に振るばかりだ。路子は、今度は、天井の防犯カメラに向かって言った。

「ねぇ、そうでしょう。素人女は、何人確保していても足りないものね」

青山を動かしているのは、半グレ集団の『青天連合《せいてんれんごう》』の芸能班だ。

風俗嬢や枕営業用の地下アイドルでは物足りなくなった各界の大物たちに、素人女を宛《あて》がい、癒着《ゆちゃく》のネタにしているのだ。事実、青天連合の捜査に関しても、内閣府や官邸から警視庁《ホンテン》に圧力がかかってくる。下っ端だけを挙げさせて、核心に接近させようとしない。

自分の身に危険が及ぶからだ。

絵を描いている黒幕がいるはずだ。

黒須機関の今回の捜査名目は、その黒幕を暴き出すことにある。だが、路子にはそれ以上に、大きな目的があった。

「そんなの嘘よ。和樹君、やろっ」

由美の真横にいた女がタイトスカートの裾をむりやり捲《まく》って青山に歩み寄った。たしかにノーパンだった。発情臭が漂った。路子には生臭いだけだ。

「うざい。誰がおまえなんかとやるか。スターを舐《な》めんなよ」

青山が座ったまま、女の股を蹴り上げた。スニーカーの爪先《つまさき》がアッパーカットのように陰部にめり込んだ。

「あぁあああっ」

女が叫んだが、恍惚《こうこつ》の表情だ。クスリを使って女を食い物にする極悪ホストと同じ手法だ。むかつく男。

「そういう、あんたも、タマ、食っているでしょ」

今度は路子が青山の股間に蹴りを入れた。硬い一物《いちもつ》の感触があった。

「痛っ」

肉根を蹴られた青山が目を剝《む》き、飛び上がった。

「ほら、勃起《ぼっき》してんじゃん。あんたはあんたで、相手しなきゃならないセレブがいるものね」

暴露してやる。

「えっ、えっ、他に相手するセレブってなに？　和樹君、刑事さんが言っていること、説明して」

由美が切なげな声をあげている。重ねた両手で股間を押さえていた。もはや心と身体がバラバラな反応をしている。麻薬の怖さだ。

「そんなわけないじゃん。酒飲んで女に囲まれていたら、普通、勃《た》つだろ。いちいちそんなこと言わせんなよ。勃つとヤルは別な話だ。おまえらだって、濡れると入れたいは別物だろう」

青山はわけのわからない弁解をしていた。

そろそろ時間だった。路子は勝負に出た。

「あんた、知名度を生かして高く売っているわね。今夜は誰が待っているのか知らないけれど、ここまでね。麻薬取締法違反で現行犯逮捕よ」

路子は手錠を出した。

「現行犯ってなんだよ。俺がタマ食っているって証拠どこにあんだよ」

青山が喚《わめ》いた。防犯カメラに向かって、必死で指を立てている。助けを求めるサインだろう。

路子は、ゆっくり腰を回して左足を上げた。右足を軸にして、伸ばした足を回転させた。ローファーの爪先が青山の脇腹にめり込んだ。

「うぐっ」

青山は、口から黄色い液体を吐き出しながら横転した。脇腹を摩《さす》りながら、床を転げ回っている。

仰向けになった瞬間を狙って、腹部を思い切り踏んだ。二発、三発とストンピングを連発してやった。

「おぉおおおっ、うえっ」

口から断続的に吐瀉物《としゃぶつ》が上がる。青山は動かなくなった。

「間もなく、鑑識がやってくるわ。鑑識ってすごいのよ。ゲロからでも違法薬物の検出が出来るの。観念した方がいいわ」

路子は、青山と防犯カメラを交互に見ながら言った。ヤマ勘が当たっていれば、これで半グレたちは、引き上げるはずだ。もはや青山には拘《こだわ》らない。昔の極道のように、庇護《ひご》しようとはしない。

路子は政治家、官僚と半グレは、つくづく似ていると思った。まずいと思うとすぐに関係を絶つのだ。

もっともそれを逆手に取ることも出来る。

青山は、荒い呼吸を吐きながら、天井を見つめていた。無表情だった。胃の中のものをすべて吐き出して、せいせいしているようにも見えた。

「自首を勧めるわ。これまで多くのファンに夢を与えたことに対する敬意よ。従ってくれたら、手錠をかけずにタクシーで連行してあげる。起訴するまでは、公表しないわ」

一転なだめる。

黒須機関による脱法捜査だ。鑑識が来ることはない。

青山が下を向いた。考え込んでいるようだ。しばらくしてぼそりと口を開いた。

「タマを飲んでいる。ただし所持と使用だけだ。売買に絡んではいない」

そう言うなり、目を閉じた。

落ちた。

「使用を認めるのね」

念を押した。

「飲まなきゃ、やれない相手ばかりでね。風俗嬢の気持ちがわかりますよ。刑事さん」

青山が歪《ゆが》んだ笑顔を見せた。

「取調室で、ゆっくり話を聞かせてもらうわ」

「話します。その代わりきちんと保護してください」

青山の眼は怯《おび》え切っていた。

「もちろんよ。警視庁は、日本一の警備会社だもの」

路子は肩を竦《すく》めた。青山がようやくテレビで見せるのと同じ笑顔になった。路子は一瞬見とれた。見事なアイドル顔だった。

女たちが呆気《あっけ》にとられて固まっていた。

路子が由美に向き直ると、三人とも肩をびくりと震わせた。

「由美さんたちは、被害者でもあるから、今回は見逃してあげる。ただし、ここで見たことは、決して喋らないことね。喋ったら、あなたたちを逮捕しなきゃいけなくなるかも。薬物使用は事実だからさ。逮捕して尋問することになる。結果、不起訴になっても、三泊四日は留置場暮らしをしてもらう」

たっぷり鞭《むち》を入れておく。すべて嘘だ。その時点で使用の証拠がなければ、逮捕は出来ない。あくまでも参考人聴取だ。

「いやです、そんなの」

由美が、眉根《まゆね》を寄せた。

「だったら、喋らないことね」

三人は頷いて、出て行った。

路子は、青山を促《うなが》し、クラブの外に出た。青山は、よろよろと歩いている。逃亡する体力は残っていなそうだった。

外苑東通《がいえんひがし》りに『ダイナミック交通』のタクシーが停まっていた。ドライバーは堀木勇希《ほりきゆうき》。本物のタクシードライバーだが、半年前から黒須機関のメンバーに加わっている。本業は格闘家だから頼もしい。

後部座席へ青山と並んで座った。

「本当にマイラブの青山君だ」

勇希がルームミラーを覗き込み、満面に笑みを浮かべた。スターに会えて嬉しいらしい。

タクシーは信濃町《しなのまち》へ向かった。

途中、乃木坂界隈《のぎざかかいわい》で、車はスローダウンした。予定の行動だ。右手に青山の所属していたジャッキー事務所が見えてくる。

さすが夜明け前とあって、灯りはともっていなかった。

「ジャッキー事務所って冷たいね。酔っぱらって喧嘩なんて、一般人同士でもよくあるのに」

「俺が煙たかったんでしょう。理由は何でもよかったんだと思う」

青山がぼそっと言った。

「会長の部屋って入ったことあるの？」

路子はさりげなく訊いた。

「一度だけです。会長に会うためじゃなくて、取材用の応接室がわりに。見栄えがいい部屋ですから」

車はジャッキー事務所の巨大ビルを舐めるようにゆっくりと進んだ。

オーナーであるエリー坂本《さかもと》は、半年前、突如引退声明を出し、経営の一線から退いた。現在は名誉会長で、経営は息子のジョージ坂本が引き継いでいた。

『H資金』の運営者とされる衆議院議員、平尾啓次郎《ひらおけいじろう》が赤坂で事故死した直後のことだ。

『H資金』とは、平尾の父、正一郎《しょういちろう》が一九五〇年代に米国のジャパンロビーから日本の民間テレビ局開局工作の一部として受け取った金とされている。政界と霞が関への工作資金だったと言われているが、真実は不明だ。

平尾の頭文字からH資金と呼ばれている。

だが本来は「K資金」と呼ばれるべき性格のものである。路子の祖父、黒須次郎《じろう》が米国の意を汲《く》み、当時興行界に顔の広かった平尾正一郎に渡したものだからだ。

路子は何かしらかの因縁を感じている。

ジャパンロビーは、占領終了後の日本において民間企業を通じて米国のアドバンテージを強めようとした連中の総称である。

『アメリカ対日協議会（ＡＣＪ）』がその中核であって日本企業に対して航空機の売り込みや日本のテレビシステムを米国と同じものに仕向けるなどの戦略を講じた、いわば軍産複合体のひとつだが、ＣＩＡ（中央情報局）のメンバーも多く参加していたとされる。

当時ジャパンロビーは、さまざまな形で、日本の大企業へ影響力を行使すべく、資金提供を行ってきたが、平尾正一郎は、政界と霞が関への工作担当であった。

本来は日本の民間テレビ局の開局期に、マイクロ波の電波塔を日本中に建設するための資金として貸し付けるものとされている。

真実は闇の中だ。

民間テレビ局『東日《とうにち》テレビ』の放送網整備という名目だったが、その裏には、在日米軍による当時のソ連、中共からの電波攻撃の防衛、さらには盗聴の目的があったという。

一九五〇年代と言えば東西冷戦の勃興期である。

事実だとすれば、日本という国家に対するドル借款《しやっかん》ではなく、一民間企業である東日テレビの開局に際して資金貸与を申し出ているところに、ジャパンロビーのしたたかさがある。

当時の米国政府の最大の目的は、占領解除後も、日本を米国の息子として育て上げることであった。極東における反共の砦《とりで》として米軍を置き続ける必要性があったからだ。

その先兵として米軍幹部と多国籍企業群からなるジャパンロビーは、日本の財界に接近する。

当時高揚していた労働争議による日本全体の赤化を防ぐためには、なによりも親米感情を醸成することだと、考えていたという。

そのために〝MADE IN USA〟の大量の物資を提供するとともに必要となったのが印象操作だ。

まずは映画館に〝憧れのアメリカ〟を印象付けるハリウッド作品を溢《あふ》れさせた。ラジオからはウエスタンミュージックを洪水《こうずい》のように流させる。

そして来たるべくテレビ時代に向けて、米国の意向を強く反映出来る企業との提携をめざしていた。

結果として、一民間テレビ局が全国各地にマイクロ波電波塔を建設することは、NHKや電力会社の反対があり、実現しなかった。

金の仲介者になった平尾正一郎の、政界と霞が関への工作は失敗したことになる。

だが、その金は返済されなかったというのだ。

親米を担う、日本の保守政党の裏資金として、平尾正一郎と啓次郎という親子二代にわたる政治家がその運用を図ってきたという。

二年前の参議院選、山陽《さんよう》地方のある県で行われた多額の買収資金にも使われていた。一億五千万円もの買収資金だが、民自党の金庫からは実際にそんな大金は出ていなかった。職員からの証言でも、一地区にそれほど回せる金額は入っていなかったとされている。

二代目の啓次郎が、別な隠し金庫から運び込み、当時の幹事長に渡していたというのだ。出所不明の金なのだから、民自党の職員も知らなかったわけだが、それ以上に、路子は七十年も前の米国からの裏資金がいまもこの国の政治にかかわっていることに驚いた。

そして平尾はこの世からいなくなった。

金の隠し場所が、なんと日本最大の芸能事務所、ジャッキー事務所であるという情報だけが残された。

ジャッキー事務所は、そもそも占領下の日本で米軍キャンプにバンドマンを送り込む仕事から始まった芸能プロダクションである。

調査に黒須機関が動くことになった。

「エリーさんとは、あまり関係ない？」

世間話の調子で訊いた。

「僕らの世代は、ほとんど無縁ですね。現社長のジョージさんの下《もと》で育てられていますから」

青山は、事務所をじっと見つめていた。

「事務所の内部事情を聞かせてくれたら、起訴猶予で放免してあげてもいいんだけど」

路子は、本来の目的を伝えた。

「内部事情って……俺はタレントですから、事務所の事情なんて知らないですよ」

青山は困惑気味だ。

「マネジャーたちの噂話でいいのよ」

「そのレベルですか？」

「そう、そのレベルでいいの。別件の捜査の参考だから。あなたにはほとんど無関係な話よ」

あまり重たい感じにしない方がいい。

気軽に喋ってくれたことから、ヒントを見つけ出せたらいいのだ。

「タレント同士のことと違って、自信ないなぁ」

「タレント同士の話もいずれ教えてよ。ねぇ、あなたの一番よく知っているスタッフはなんというの？」

「そりゃ、赤瀬《あかせ》さんですよ。広報の人だけど、元は表側にいた人だから、話しやすかったし。六本木とかの事情にも詳しいですから」

「赤瀬さんって、昔『日本橋X』のメインボーカルだった赤瀬潤《じゅん》さんですよね」

運転席の勇希が言った。勇希はジャッキータレントにやけに詳しい。

「そうです。元タレントだからマスコミの人にも受けがいいんです。普通に接待でカラオケに行って、昔のヒット曲を歌うんですから、そりゃ、みんな寄ってきますよね」

「なるほど」

「大手代理店とかの人からは、スポンサーの奥さんや娘さんのために来てくれって頼まれるようですね。いわば、俺らのギャラ飲みですよ。赤瀬さんは代わりに仕事を取ってくる」

青山はべらべらと喋り出した。

——赤瀬潤。

次はその男に接触することになりそうだ。

タクシーが信濃町の大学病院のゲートを潜り抜けた。駐車場の最も奥まった位置に停めると、ストレッチャーを押した女性看護師たちがやってきた。四人いる。

青山が不安そうな顔をした。

「しばらく入院してもらう。ここの方が話も聞きやすいし、警護もしやすいから」

路子は最上階を指さしながら言った。

「俺、なんだか政治家みたいですね」

「政治家のこともよく知っているんでしょう？　特に、こっち関係……」

路子は小指を立てて見せた。青山が頭を搔く。

「いや、俺は政治家自体はあんまり知らないですよ。女性関係も。そこら辺は、女性アイドル系の事務所でしょう。俺は、政治家の奥さんとか娘さんとかなら、縁がありますけどね」

「それで充分よ。おいおい聞かせてもらう」

青山が徐々に腹を括ってくれればいい。

後部扉が開き、先に路子が降りた。勘のいい青山が、腹を押さえながら、苦しそうな顔で降りてくる。

ストレッチャーを押してきた女性看護師たちが、目を輝かせた。

「急性胃炎ですよね。苦しくないですか。私たちに摑まってください」

四人が、肩や腕を差し出した。自分たちの方が青山に触りたくてしょうがないという感じだ。

青山は、四人に寄りかかるようにしながら、ストレッチャーへ這いあがった。とっくに回復しているのに、演技がうまい。やはり芸能人だ。

「消化器内科の樋川肇《ひかわはじめ》教授にすべてお願いしてあります」

路子は、看護師たちに伝えた。

「承っております。A号患者さんですね」

樋川は、銀座の『スナックジロー』の客である。母の店だ。A号患者とは、入院実態を明かさない特殊患者の符牒《ふちょう》である。非公開容疑者の隔離に、協力してもらっている。

「今日は、一日治療に専念してもらいます。明日の夕方、尋問に来ます」

路子は、看護師たちに頭を下げた。ストレッチャーが音を立てて、裏玄関へと運び込まれていった。

タクシーの後部座席に戻るなり、スマホが鳴った。

液晶を見ると桜新町《さくらしんまち》と符牒が浮いている。

警視庁《ホンテン》の部長、富沢誠一《とみざわせいいち》からだった。路子はすぐに出た。

「黒須か」

独特のしわがれ声がする。

「はい」

「公安《ハム》の女性工作員が攫《さら》われた。こっちで拾え。データを送る」

藪《やぶ》から棒に、そう言われた。

——なんでハムの女を組対部《マルボウ》が拾わなきゃならないんだ？

路子は病院を見上げながら、胸底で呟いた。消えた工作員のデータが送られてきた。

「勇希、勝鬨橋へやって」

タクシーは、すぐにUターンをして、朝焼けの街を走り出した。

第二章　暗い海

1

「赤瀬さん、どういうことなんでしょう？　私びっくりしちゃいましたよ」

小島茜は、自宅のベッドに寝転びながら、ジャッキー事務所の広報担当赤瀬潤に電話を入れていた。茜のマンションは中庭を囲む形で立っている低層マンションだ。周囲に大使館が多いこともあり、外国人の居住者が多い。

アーチ形の窓から中庭が見えた。

「いや、俺のほうこそびっくりだよ。茜ちゃん、日高先生に無茶な体位とか、お代わりを何度も強要したりとかしていないよな。政界じゃ若手って言われても、世間的には中年のおっさんだよ。無茶したら心臓麻痺《まひ》を起こす」

　赤瀬の声がいつもよりも低い。まるで自分を疑っているような口ぶりだ。

「何を言っているんですか」

　思わず大きな声を出した。人前では決して言わないセリフだ。

「警察は、いちおう事件性はないと言っているけど、それも藤堂《とうどう》のオヤジが、石坂《いしざか》先生に手を回したからだ。死因に疑問とか持たれて、お前のことが浮かび上がってきたら、まずいからな。溜池のホテルでは、マスコミに撮られていないよな」

　赤瀬は、驚いたと言っているわりには、やけに冷静な口調になっている。茜はそれに腹が立った。

　藤堂のオヤジとは、芸能界の首領《ドン》と呼ばれているシャドープロダクションの社長、藤堂景樹《かげき》のことだ。政治家を通じて警察に圧力をかけてくれたということだ。

「何言ってんですか、赤瀬さん。あのおっさん、私にさんざん腰振らせておいて、射精もしないで寝ちゃったんだからね！　無茶も何もないですよ。それに、赤瀬さんが、週刊誌に撮られても逆にお得な相手だと言っていたから、私、思い切り堂々と歩いてきましたよ。もちろん、一緒じゃないけれど、ロビーとかも、普通に歩いてきたから、もしも張っていたら、私があの日ホテルにいたのはわかるわね。ねぇ、マジ大丈夫かな、私……」

　実はそれが気になってしょうがなかった。

「ちょっとまずいかもな。まさか死んじゃうなんて」

赤瀬が、ため息交じりに言った。

「私のせいじゃないじゃん。新聞だって自宅で死亡したって書いてあるし」

唯一の救いはそれだった。

日高大輔は、茜が出た直後に、自分も起きて帰ったのだ。その後、家で心臓発作かなにかで死亡した。報道を見る限り、そういうことだ。

「まぁ、そうだよな。心配ないよ。死体が発見された場所にお前の痕跡《こんせき》があったわけじゃないんだ。気にすることはない。それに、金曜の夜まで、先生とお前はなにも接点がない。繋《つな》がりようがないだろう。仮に週刊誌にホテルのロビーの写真を撮られても、相手がそこにいたことになっていないんだから、どこにも問題はないさ。ホントにお前の目の前で異変がなかったのならな」

「な、なかったわよ。凄い大きな鼾かいて寝ていただけだから」

ちょっと気になっていたことを伝えた。赤瀬には不安なことは、すべて伝えておいた方がいい。いざというときは自分の所属する弱小事務所の社長やマネジャーなどよりも、よほどあてになる。

「大きな鼾をかいていた？」

「そう。凄かった。エッチする気分にもなれないぐらいね」

赤瀬が黙り込んだ。

沈黙が続く。

電話の向こうの沈黙ほど、人を不安にさせるものはない。

「なによ、舺がなんか問題あるの？」

耐えられなくなって、茜は声を尖《とが》らせた。

「あるかも知れない」

赤瀬が短く言った。

「嘘、どういうこと？」

急に背筋が凍り出した。

「前にバーで知り合った女医さんから、でかい舺は脳溢血《のういっけつ》の前兆だって聞いたことがある」

赤瀬の言葉に、茜は自分の心臓が止まるのではないかと思った。

「いやだぁ。私が帰る頃には、だんだん呼吸の間隔が長くなっていたんだけど……まさかね。なにしろ遺体が発見されたのは、築地の自宅でしょう。ホテルじゃないんだから、私は疑われないよ」

茜にとってそれが唯一にして最大の安心材料だ。

「おまえ、何時にホテルの部屋を出たか、覚えているか？」

「時間なんか覚えていないですよ。ロビーに降りたら、間もなく朝食ビュッフェが始まるって感じだった」

そこまで言うとまた沈黙があった。だが、今度は無音ではなくがさがさと雑音がする。

「いま、タブレットの方であのホテルのレストランの開始時間を調べた。午前六時三十分よりとなっている。ちょっとまずいね」

赤瀬が嫌なことを指摘してきた。実は茜も気にしていたところだ。

「赤瀬さん、未明っていったい何時ごろ指すんですか？」

新聞記事には死亡推定時刻が『未明』となっていたのだ。

「決まりはないと思うけど、文字通りまだ明けていないってことだろう。朝方だけどまだ暗いうちのことじゃないないか」

「それは嘘よ。私が、ベッドから降りたとき議員は、まだ大鼾をかいていたし、そのときもう、外は明るくなっていたのよ」

茜は必死に状況を説明した。

「……死亡推定時刻なんて、所詮《しょせん》推定にすぎないから……」

赤瀬の口調がさきほどよりも頼りない。茜はかなり不安になった。

「大丈夫よね、赤瀬さん。もし私が疑われても、いろいろ手を打ってくれるわよね」

「もちろんさ。わかった、とにかくそっちの社長とすぐに相談してみる」

「うちの社長じゃなにも出来ないわよ」

茜は、ため息を漏らした。

自分の所属事務所は『ラスベガス・インターナショナル』。

社名は大きいが、知名度のあるタレントは自分しかいないというマイナーな事務所だ。社長がギャンブル好きなところからこの社名になっている。茜はパチンコ屋のようだと思っている。

社長の宇田川幹夫《うだがわみきお》は、もともとは飲食店経営者で、芸能界については疎《うと》い。芸能界の首領である藤堂景樹が後ろ盾になっていることで、事務所は成立しているわけだ。

マスコミが言うところの『シャドー系プロ』。

「もちろん藤堂のオヤジも入れて相談する。俺もオヤジにはたくさん貸しがある。動いてくれるさ」

赤瀬が言った。

芸能界とは面白いところだ。

芸能事務所は、それぞれがライバルであるはずなのに、業界全体がひとつの組織のような仕組みになっているのだ。

もちろんいくつかの派閥がある。それぞれのプロダクションが組んでの団体戦のようなことをしているのだ。

その中で地上波のテレビ局に一番強い影響力を持っているのがシャドープロだ。だから、弱小プロはシャドーの門を叩きに行く。

テレビ局のプロデューサーに門前払いを食らっても、シャドープロに後見を頼み、手数料を払えば、出演枠を用意してもらえるからだ。

芸能界がそんな仕組みになっていることを、茜は初めて知った。ただし、自分の事務所とシャドープロの権利関係がどんなふうになっているのかは知らない。

そうした芸能界でジャッキー事務所だけは、どの派閥にも属していない。

赤瀬曰く唯我独尊《ゆいがどくそん》、天下無双《むそう》の芸能プロなのだそうだ。

赤瀬潤はタレント時代に、シャドープロ所属の女優と何度も共演したことから、藤堂社長とも縁が深くなったと言っていた。

たぶん赤瀬はその時代、シャドーの女優たちと寝ていたのだと、茜は睨《にら》んでいる。なにせジャッキー事務所はほとんど男ばかりの事務所だから。

赤瀬は、いまも女性のテレビプロデューサーや女性記者とはやりまくっている。

茜はつまるところ、シャドープロの藤堂社長とジャッキー事務所の赤瀬を味方につけていたら万全だと考えていた。どちらとも寝ている。藤堂とは一度だけ。これは儀式のようなものだった。赤瀬とは数えきれないほどだ。

「お願いしますよ。私、まだ芸能人でいたいから」

乞うように言った。

「わかっているさ。スケジュールはどうなっている？」

赤瀬に訊かれた。芸能界でスケジュールと言えば、仕事のブッキング状況を指す。

「三日ほど空いている。来週から『テレビ太陽』のドラマの読み合わせに入る。後は歌のレッスンだけど、いまはオンラインレッスンだから外には出ないよ」

茜は元々女性アイドルユニット『桜川《さくらがわ》４１２』の中堅メンバーだった。一度もセンターに立つことなく主にバラエティ要員として活動していたが二年前に卒業し、女優への道を歩んでいる。だが、単独になってからはうまくいっているとは言えない。

シャドープロの力で、どうにかヒロインの親友役とか、三番手ぐらいの役を付けてもらっている。

このままでは徐々に退潮してしまうので、起爆剤として歌をやることになっていた。念願のソロデビューだ。

お嬢様風アイドルユニットの『桜川４１２』とは異なる、クラブ系でいくことになっている。レコード会社も外資系のバーナードブラザーズだ。

バーナードグループは、エンタテインメント事業の他にも証券会社や警備会社、家電製造など、さまざまな事業を展開する多国籍企業として有名で、茜も、ゆくゆくは米国へ進出する計画になっている。もちろんシャドープロの仕切りだ。だからこそ、いまは妙なスキャンダルに巻き込まれたくない。

「だったら、家から出ないことだ。三日のうちに、俺が事情を探って、ヤバいようなら、手を打っておく。とにかくいまは、人前に出るな。いいな」

「わかりました」

茜は素直に答えて電話を切った。

窓の向こうの中庭の芝生の上で、金髪の少女がふたり遊んでいた。午後の柔らかい日差しに包まれた光景は、まるで英国の片田舎にでもいる気分にさせてくれた。

そうした雰囲気が気に入ってこの部屋を借りているのだ。

所属するバーナードブラザーズの紹介だった。

赤瀬と話したことで、この二日ほど続いていた緊張感がほぐれ、眠くなってきた。そのままベッドに足を伸ばし、タオルケットを被った。

オフの日は出来るだけだらだらと過ごす。それが、茜の健康法であり、芸能界で生き延びる秘訣だと思っている。要はメリハリだ。

うとうとと眠ってしまった。カーテンもひかずにそのまま眠りに落ちていた。

頭上で、鈍い音が聞こえたような気がしたが、眠気が勝って、目を開けることが出来なかった。

息苦しくなって、ようやく目を開けた。

「えっ？」

口から鼻にかけて不織布マスクを被せられ、そのうえからガムテープを貼られていた。マスクは湿っていた。

目の前に黒いフェイスマスクを被った男がいた。その背後にもうひとりいる。濃紺のスーツを着ていたが、顔はアメリカ大統領のゴムマスクだ。

ベッドヘッドの後ろを向くと窓が開いていた。窓枠のロックのあたりがきれいに半円形にくり抜かれていた。夢うつつで聞いたのはそのときの音らしい。

これはバラエティ番組の企画だろうと思った。それならば乗ってやるしかない。

茜は、わざと大声を上げた方がいい、その方がプロデューサー受けがする、と思った。

いやぁああ、と叫ぼうとした。

その前に、大きく息を吸い込んだ。鼻孔《びこう》にマスクの湿気が入り込んできた。すっと意識が遠のいた。

なにこれ？

どうやら番組なんかじゃなさそうだ。

瞼《まぶた》を閉じた。

もう永遠に開かないのではないかと感じた。

2

「杉山《すぎやま》、柔道やろうぜ！」

路子は中央南《ちゅうおうみなみ》署の正面ロビーから、杉山小次郎《こじろう》に電話した。二十六歳の地域係巡査だ。勝鬨橋の交番《ハコバン》勤務をやっている。

「姐《ねえ》さん。返済日まで四日あるじゃないですか」

悲痛な声が返ってきた。

杉山には、三年前に五十万融通してやっている。路子が、まだこの所轄にいた頃の貸付だ。

借金の理由は、実に単純だった。金が底を突き、競馬に走ったが、結果貯金も底を突いたという。新橋《しんばし》のキャバ嬢に入れ込み、金が底を突き、競馬に走ったが、結果貯金も底を突いたと

ベテラン刑事に仲介してもらって路子に借金を申し込んできたというわけだ。

「今月から利息を改定することにしたの」

「げっ、それって一方的すぎませんか。しかも法定金利の最高利率のはずですが」

「まぁ、道場に来なよ。乱取りしながら、話そうよ」

「いや、姐さんの締め技、きつすぎて」

杉山は逃げを打っている。

「とにかく来なよ。それとも地域係の部屋に行って『杉山くーん、二十五万返してー』って大きな声を出そうか？」

「やめてください。今すぐ、行きます」

警察は、一般企業以上に品行方正が求められる職場だ。住宅ローン以外の借金やたとえ公営であってもギャンブルをしている者は、監察から目を付けられる。

不正の温床《おんしょう》になるからだ。

路子は、警察内で金貸しをやっている。通称『黒須サポート』。口コミだけでひそかに広まり、貸付枠は五十万ぐらいまでの小口融資だ。法定利息だが、借り入れた人間は、完済するまで路子になにかと頭が上がらなくなる。そこが付け目だ。

路子はそうした債務者たちを、私兵として使うことにしていた。

部長の富沢が黒須機関に捜査を下ろしてきたのも、路子が三年前まで、中央南署に在籍していたからだ。この署は東銀座《ひがしぎんざ》から晴海一帯を管轄している。

杉山への貸金は、まだ二十五万残っていた。

久しぶりに、中央南署の柔道場に入った。交通課の女性警官の道着を借りて着る。午前中とあって、誰もいなかった。

「姐さん、マジに乱取りやるんですか」

杉山は制服を着たままだった。

「そのままでもいいわよ」

路子は、さっと杉山の襟と袖を取り、くるりと背を向け腰を入れた。大外刈《おおそとが》りだ。

「あっ」

一瞬にして宙に浮いた杉山の身体が、畳の上に落下した。路子はすぐに横四方固《よこしほうがた》めに入った。杉山の制服の襟首と股間《こかん》を握ったまま、顔のあたりにバストを押し付ける。

「勝鬨橋一帯のコンビニの防犯カメラ映像を集めて」

「うわっ。それって上に直接言ってくださいよ……ってか、姐さん、どこ握ってくるんですか、苦しいっす」

路子は左手で、杉山の睾丸《こうがん》を握っていた。

「闇捜査だから、頼んでんのよ。今月からは利息はなし。元金だけ戻してくれたらいい。それも半額でいいわよ」

「うぅうう。月一万円でいいってことですか」

「そう。必ず完済はしてもらうけど、緩くしてあげる」

路子は、債権放棄をしたことはない。必ず取り立てる。だが、返済方法は、こちらの要求に従った場合、緩くしてやっている。人を動かすには、飴《あめ》と鞭《むち》だ。

「玉の握りの方も緩めてください。お願いします。腹がパンクしそうです」

杉山が脂汗を掻いていた。路子は、すぐに握りを棹《さお》に変えた。

「わっ、そういうことではなく……」

「七月二十日の午後三時から五時までの間のデータ。すぐに欲しいのよ」

棹を上下させながら言う。

「あっ、はふっ、いや、朝っぱらからこんなのありっすか……はひっ」

杉山は目を瞑った。かまわず、制服の上から扱《しご》く。

「捜査支援分析センター《SSBC》を使えないのよ。地道な聞き込みに頼るしかないの」

殺人や強盗で捜査一課が出る事案なら、とっくにSSBCが動いているはずだ。だが公安は自らの潜入員が消えたことなど、絶対に刑事部には伝えない。

富沢は、おそらくこの情報を総監官房あたりから独自に仕入れたに違いない。そのうえで、警視庁の外局にあたる黒須機関に振ってきたのだ。組対部《マルボウ》が表立って、公安《ハム》の工作員を捜しには回れないからだ。

この捜査には裏がある。路子はそう睨んでいた。だからこそ、みずからも手をつっこんでみる気になったのだ。

警視庁《ホンテン》及び警察庁《サッチョウ》内部の権力争いが絡んでいるに違いない。

巨大組織の権力争いほど面白い現象はない。それに無縁な人間から見ると、権力争いは、ある種のエンタテインメントドラマを見ているようなものだ。

半年前、公安局長の垂石克哉《たるいしかつや》が更迭《こうてつ》されていた。次期長官の呼び声が高かったのだが、更迭された。

二世議員の平尾啓次郎、路子の後見人である関東泰明会《かんとうたいめいかい》の前会長、金田潤造《かねだじゆんぞう》の抹殺を裏工作したのが垂石だったからだ。処罰として平壌《ピョンヤン》に送り込まれている。そのことで、警察庁、警視庁内部の権力バランスが狂いだしていた。

どこかで誰かが、また新たな仕掛けを講じたようだ。

路子は、現在の上司である富沢誠一を総監に押し上げようともくろんでいる。

「場所は絞り込めるんですか？」

杉山が、荒い息を吐きながら、訊いてきた。路子は手筒の上下を速める。完全に硬くなっている。

「三森ホームズ勝鬨橋営業所のあるビルの前」

公安の工作員谷村香織が消えたのは七月二十日の午後四時過ぎである。昨日のことだ。

路子は昨日のうちに下見をしておいた。だが、聞き込みはしていない。下手に動くと、公安に筒抜けになるだけだからだ。

公安《ハム》も必死に捜しているだろうが、奴らは真正面からは動かない。独自の方法で、交通課Nシステムに侵入したり、張り巡らせている情報提供者《エス》を利用するはずだ。

自分も同じ手を使うしかない。

「自分が、いる交番《ハコ》の近くですね。はうっ」

杉山は足を完全に伸ばした。爪先が反っている。

「だから、頼んでいるのよ。ねぇ、二時間でどうにかして」

勃起を思い切り扱いてやった。

「うっ、はっ、やってきます」

言ったまま杉山が目をきつく瞑った。手筒を最速にしてやる。杉山の肩が二、三度震えたかと思ったら、制服の股間が温かくなった。淫爆《いんばく》したようだ。

「やっぱり道着に着替えた方がよかったわね。替えの制服ある？」

手を放して、立ち上がりながら路子は訊いた。

「いやないです。今日は上がりですから、私服に着替えます。売店で下着は売っていますから」

「私服の方が聞き込みに行きやすいわね。さぁ、早く」

「はい」

杉山がのろのろと立ち上がった。

きっかり二時間後、杉山は築地本願寺《ほんがんじ》の境内《けいだい》にやってきた。白のポロシャツにライトブラウンのチノパン。寮で暮らす独身警察官の定番ファッションだった。

ベンチに近づいてくるなりサムアップして見せた。左手にレジ袋をぶら提《さ》げていた。弁当のようだ。

首尾よく手に入れてきたようだ。

「斜め前のコンビニ店は、自分がよく立ち寄りをするところです。店長が顔見知りだったので、理由も訊かずに、映像を再生してくれました。令状は持っていないので、自分のスマホで直接撮ってきました。ですからちょっと反射して見えるところがあります」

杉山がスマホごと路子に差し出してきた。

路子は受け取り、動画を再生させた。杉山が、自分の仕事はすませたとばかりに、レジ袋から弁当を取り出し膝の上に載せた。幕の内弁当だった。

「姐さんは、サンドイッチでいいですか。利息がわりです」

いちおう買ってきてくれたようだ。

「ありがとう。あんたにおごってもらうとは思わなかったわ」

「はい。自分も姐さんが、利息をなしにするような人間らしいことをするとは、思ってもみませんでしたから」

そういう杉山の脇腹に思い切り、肘打ちを食らわしてやる。

「うぐっ」

杉山は米粒を噴き出した。

路子は、ミックスサンドを齧《かじ》りながら、防犯カメラの映像を追った。

午後四時五十二分。

『中央ウインブリッジビル』の入口に、女を左右から抱えたふたり組の男が現れた。女はビジネス用のパンツスーツ。背が高く、ロングヘアーだった。男たちは紺と茶色のスーツを着ていた。同じ会社の同僚同士に見える。

「それ、自分もさっき見ました。夕方前に、オフィス飲みしていたんですかね。そのOL、べろべろですね。そのままふたりの男とやっちゃう感じですよね」

鮭の切り身を咥《くわ》えた杉山が、緑茶のペットボトルのキャップを回しながら言っている。

いや、酔っているのではない。女は自分の足では歩いていない。気絶してしまっているのだ。そして男ふたりの耳は反っている。格闘の訓練を受けている証拠だ。路子は、女が攫われた工作員だと直感した。

そのまま、映像を見続けた。サンドイッチを嚙《か》みながらだ。杉山が缶コーヒーを差し出してくる。ありがたくいただく。

女を抱えた男たちの前に、一台の車がやってきた。黒のメルセデス。Sクラスのセダンだ。三人はその車に乗った。あっと言う間のことだった。

ナンバーが鮮明に映っていた。

品川×の310××××だった。

「これナンバー照会して」

杉山にスマホを突き出した。

「俺がですか？」

「私がやれないから頼んでいるの」

路子は、口を尖らせた。運輸支局へのナンバー照会は、警察官ならすぐに出来るが、記録は残るのだ。

「わかりました。自分はいま非番なので、交番にいる同僚から依頼させます」

杉山が、早瀬《はやせ》という同僚に電話した。建造物への当て逃げ目撃という名目にしていた。

返事が来るまでの間、路子は、再び杉山のスマホを借り、さっきまで見ていた映像を、最初の方へと引き戻した。

午後四時四十五分。

バーナードセキュリティとボディにペイントされミニバンが一台、ビルの前に横付けされている。

警備員が降りたらしく、ミニバンはすぐにその場を出た。残念ながら警備員は背中しか見えなかった。

「ねぇ、杉山さ、このビルに入っている会社ってわかる？」

「いちおう、うちの管轄ですから把握しています。一階と二階は『三森ホームズ』。三階は『ハイソサエティ設計』というリフォーム店です。不動産店とうまく提携しているんでしょうね。さほど大きな会社じゃないです。四階は『柚月《ゆづき》エージェンシー』という広告代理店です。まぁ代理店と言っても、チラシとかつくっている十人ぐらいの会社ですよ。これもおもに三森ホームズの新聞用とかポスティング用のチラシがメインのようです。五階は、その代理店が扱っている貸し会議室兼倉庫です。『柚月エージェンシー』はイベントも扱っているのでその手の道具類が保管されているようです」

さすがは、地域係だ。地元の情報が、きっちり頭に入っている。

「なるほど、ビル全体が三森ホームズの下請け的会社で埋まっているんだ」

「そういうことです」

「ということは、このメルセデスも三森ホームズの関係かな？」

路子は首を捻《ひね》りながら訊いた。

「いや、二十日は火曜日ですから不動産屋は休みです。自分はリフォーム店のお客かな、と」

杉山が推測を言った。

「火曜は休み？」

ならば、その日、潜入員は何をしに行っていた？　何か情報を得ようとオフィス内を漁《あさ》ってバレたということか。

その仮説は、成立する。筋が通るのだ。

やはりこの女が工作員だ。メルセデスに乗せられ連れ去られたのだ。いきなりスマホが音を立てた。レトロなベル音だ。

液晶に『早瀬』と浮かぶ。

「所有者がわかったようね」

杉山にスマホを返した。

「はい、杉山。わるかったな……」

杉山が耳を澄ませた。

「……西麻布の飲食店『ブルーヘブン』の法人所有だな……」

こちらを向いて小さな声で言う。路子は頷いた。杉山が電話を切った。

「ありがとう。探るべき相手がわかったわ。返済はしっかり頼むわね」

路子は、急いで、残りのサンドイッチを口に放り込み、缶コーヒーで流し込んだ。

西麻布の『ブルーヘブン』。

半グレ集団『青天連合』のたまり場で、幹部の成田和夫《なりたかずお》がオーナーを務める店だ。いったいどこが成田に発注した？

路子は向島《むこうじま》に向かうことにした。

3

香織は闇の中にいた。

潮の匂いと、波の音がする。

勝鬨橋のビルで強烈な膝蹴りを食らってから、どれぐらいの時間が経ったのかわからない。

ベッドに寝かされていた。黒布で目隠しをされていた。手は後ろ手に縛《いまし》められていた。寝返りが打ちづらく辛《つら》い。

毛布はかけられているようだが、用事があると剝《は》ぎ取られた。足が縛られていないのは、彼らが用事をしやすくするためだ。

扉が開くような音がした。

前回に開いてからどのぐらい経ったのかもわからない。五時間ぐらいは経っているような気がする。

「お願い、助けてとは言わないわ。ただ、この先の予定ぐらい教えてくれてもいいでしょう」

香織は音のした方へと叫んだ。

相手は無言だった、足音だけが近づいてくる。

いきなり髪の毛をひっぱりあげられた。

口に突起が突き当てられる。亀頭《きとう》ではなかった。プラスチックの感触。ペットボトルの吸い口のようだ。

香織は喉を鳴らして飲んだ。相手は一定の間隔をおいて、水を含ませてくれた。まだ殺す気はないということだ。

他の価値を求めているということでもある。

水と水の間に、スプーンが運ばれてくる。最初は、何を含ませられるのかと、こわごわと口を開けたが、それがオートミールと知って素直に舌を出すことにした。

ときおりオートミールではないものを舐めさせられることもある。亀頭だ。

相手がどんな男であるかも知れず、恐ろしかったが、不思議なもので、同じことを三回ぐらい繰り返されると慣れてしまう。性的な対象にされている間は、毒を盛られないということだからだ。

十五分ぐらい時間をかけて、今回の食事を終えた。

少し間があって、男がベルトを外す音がした。

続いてシャツのボタンを外す音や脱衣する音。

視界を塞《ふさ》がれ、手の自由も奪われているせいか、聴覚と嗅覚が敏感になっている。潮風の匂いに混じって、男の性臭が漂ってくる。潮の匂いに似ているが、より生臭い。

男が裸になったのだろう、歩み寄ってくる音がする。

香織は素直に四つん這《ば》いになり、尻を突き上げた。足を広げる。手首だけが固定されているのは、このためだ。すぐに顔を枕に付ける。

これまで必ず、同じ体位を取らされたので、条件反射的にそうなってしまうのだ。

男たちは決して顔を見られたくないのだろう。

正常位や騎乗位では、たとえ密着した目隠しをされていても、男の体つきを手足で感じ取ることは出来る。

男たち——と思ったのは、挿入された一物が、いつも同じではないと、膣壁《ちつへき》が感じていたからだ。これまでに三人に挿し込まれたと思う。それぞれ二度ずつだ。

いずれも同じ体位を求めた。

四つん這いのバックからの挿入だ。全裸にはされず、スーツパンツと下着だけ下ろされて尻を剃かれる。そこにグサリと挿し込まれ、激しく突き動かされるのだ。抽送《ちゅうそう》されながら、上半身は脱がされる。生乳を揉《も》まれ、乳首も摘《つま》まれるのだ。

セックスに興奮して香織が顔を横に向けると、髪の毛を引っ張り上げられ、無理やり顔を枕に押し付けられた。

以来、香織は、自ら枕に顔を押し付けることにした。自分としても、拉致《らち》監禁をするような悪党どもに喘《あえ》ぎ顔を見せたくはなかった。

奇妙なことに、終わると必ず服は着せられた。

排泄《はいせつ》も大声で叫ぶと、そのときだけ、目隠しを外され、傍らにあるポータブルトイレを使用することが許される。

そのとき目隠してくれる男は、歌舞伎《かぶき》で見るような黒子《くろこ》の頭巾《ずきん》をかぶっているので、顔がわからない。

とにかく一定の配慮をされていることは確かだ。

歩み寄ってきた男が、やはり、香織のスーツパンツを下ろした。下着も太腿のあたりまで下げられる。

股布が黄ばんでいるようで恥ずかしかった。自分の股間からも潮の香りが漂い始めている。

ウエットティッシュで丁寧《ていねい》に拭かれた。

セックスのたびに、陰部を拭いてもらえるので、いつしかそれが楽しみにもなった。人間の心理とは本当に不思議だ。置かれている条件下で、もっとも自分に都合の良いことを願うようになる。世間の常識はどうでもいいのだ。

「中まで拭いてもらえませんか」

洗浄して欲しいという人としての願望と、指で捏《こ》ねまわされたいという女としての欲望があった。

男は無言だ。

コンドームを装着しているようだ。ゴムの独特な香りがしたので間違いない。続いて、シュッと消毒液を吹き付ける音。男は、コンドームの上に消毒液をたっぷり塗りつけたようだ。

アルコールの臭いが、半端ない。

香織は、胸騒ぎを覚えながら、思わず膣口を窄《すぼ》めた。

「お願いです。酷《ひど》いことはしないで」

懇願したが、男は相変わらず無言で、左右の尻たぼをむんずと摑んできた。尻の割れ目が、くわっ、と開かれる。秘孔《ひこう》も開いた。

アルコール臭い男根《だんこん》が近づいてくる気配がした。

「やめてやめて！　そんな強いアルコールをナカに擦りつけないで！」

香織は泣き叫んだ。

そのとたん、後頭部を思い切り殴られた。平手ではない、拳《こぶし》だ。

「あっ！」

軽い脳震盪《のうしんとう》を起こしたようだ。眩暈《めまい》がする。が、すぐに正気に戻された。

太い肉棹が、柔肉を押し開き、膣袋に滑り込んできたのだ。

「いぁあああああああっ」

すぐに、肉層がヒリついてきた。アルコール濃度九十パーセント以上の消毒液ではないか。自分の身体の中央の穴が、まるで炎に包まれたように熱くなった。

ずいっ、ずいっとピストンされた。

「あっ、熱いです。ひりひりします。気持ちよくないですよ。痛いです」

「誰に、命令された」

少し酔ったような気分になってきた。

初めて男の声がした。

「えっ？」

香織は驚きに声をあげた。

「武藤勝昭を調べようとしたのは何故だ？」

低く野太い声だった。

「誰にも命令なんかされていません。自分が売りたい物件があったから、セレブな客の情報を得たかったんです」

上司への言い訳として用意していたセリフを言った。

さらに扉が開いた。

別な男が入ってきたようだ。なにかまくし立てているが、聞き取れない。聞き取れないということが収穫だった。日本語ではないのかも知れない。

「接続員は大岡だな」

男が言った。男は言葉を理解しているようだ。

「接続員、なんですかそれ？」

香織は空とぼけた。

が、このとき膣がきゅんと締まった。迂闊《うかつ》だった。

「間違いないらしいな」

棹が嘘発見器の役目をしているのだ。この日のために、男たちは香織の膣の反応を丹念に調べ上げていたのだろう。

『目は口ほどにものを言う』とされるが、それ以上に正直な反応をするのが膣だろう。

男が、コンドームを被せた肉棹の根元に消毒液を吹き続けながら、腰を大きく振り始めた。アルコールをどんどん膣壁に塗りたくられていく。

「ひっ」

女陰が業火《ごうか》に包まれるようだ。

「武藤の他は、誰を探せと言った？」

男が尻の穴の回りに指を這わせながら訊いてきた。

香織は、おやっ？　と思った。個人データファイルにアクセスした相手の名前しか把握していないということだ。

香織しか解けない符牒で書いた矢崎孝弘については、気づかれていないということだ。

手書きメモはジャケットの中だ。コンビニのレシートの裏に書いてある。他人が見ても数字の羅列でしかない。まだ見破られていないようだ。

徐々にだが、拉致した男たちの人物像に関する情報が得られた。

「何を言っているのか、ぜんぜんわからないです」

「ヘネキダ。シタバ、ドンズヌゲ」

また意味不明の言語が聞こえた。韓国語と日本語が混ざっているような感じだ。喚《わめ》いている。

「なら、もう、お前に用はない」

正体が割れて、拉致されたら、公安は、その時点で工作員を切り捨てることになっている。

たとえ殺されてもだ。覚悟をしようと思ったが、身体が震え出した。実際に知っていることなど少ないのだ。

男の指が、尻の硬い窄《すぼ》まりに入り込んできた。指が細道を拡張し始めた。

「くぅう……何をするんですか」

「ケツの消毒だ」

ノズルが後ろの穴に差し込まれた。

「ひっ、やめてください」

尻の細道にアルコールをスプレーされた。火箸を挿入された思いだ。

「うわぁあああああああああ」

腹部が冷たくなった。

「ガスで、腸が広がったろう。そこに、逆さから飲ませてやる」

細いノズルが外されて、より太いノズルが尻穴をこじ開けてきた。冷たい感触だ。ステンレスの拡張器のようだ。

「うまい酒を飲ませてやる」

スポンとキャップが抜かれた。芳醇《ほうじゅん》な匂いが上がった。ブランデーだ。

「ちょっとね。たくさんダメ。少しずつ。毎日入れていたら、そのうち狂うね」

たどたどしい日本語だった。言っているのは、中国人だろう。

「わかった。ゆっくりアル中に仕立てたらいいんだな。いまに廃人になる」

男が納得したように言った。

「そうそう。焦らなくていいね。そのうち、知っていることは、みんな言うよ」

中国人がそう言うと、尻穴にちょろちょろとブランデーが流れ込んできた。腸に染みる。

「ぐふっ」

「武藤以外に探せと言われた名前を吐けよ」

日本語を使う男が、腰を振り立ててきた。燃える膣袋が抉《えぐ》られ、頭が揺れる。逆流したブランデーが、腸に流れ込んできた。

香織は、じきに気分が悪くなった。

波の音に重なって、海鳥が羽ばたくような音がした。

4

「こんなことして、シャドーの藤堂さんに知れたらただじゃすまないわよ」

小島茜は、言うなり、頬に平手打ちを食わされた。タレントの顔を打つなどありえないことだった。

「へぇ〜、ただじゃすまないって。じゃぁ、俺はどうされちゃうんだろう」

金髪の男が、ガムを嚙みながら言っている。西麻布でも見たことのない男だ。

小豆色のタンクトップに黒革のパンツだった。首と腰にチェーンを巻いている。タンクトップから出ている両腕は、格闘家のように太く、硬そうだった。

「タレントの私を攫ったんだもの、殺されるかもよ」

茜はガウンの前を合わせながら、片眉《かたまゆ》を吊り上げた。

コンテナに乗せられていた。中には木箱がいくつも積んであった。その上に缶ビールが五個置かれている。すでに海上のようだ。なんとなく揺れている。それに重油くさい。

いつの間に、素っ裸にされたのか記憶にないが、茜は、バスローブを着せられていた。

嗅がされた麻酔がまだ効いているようで、まっすぐに立っていることが出来ない。コンテナの壁に寄りかかっていた。

「だったら、殺される前に、一発やらせてもらおうかね。元『桜川412』の小島茜《コジカネ》とやれるなんて思ってもみなかったよ」

男が黒革のパンツを脱ぎだした。

「なんだかんだってヤリモクなんじゃん」

茜はヤンキー口調で言った。ヤリモク――「ヤルのが目的」の略だ。

「おうっ、本性出たねぇ。お嬢さまアイドルとかって言っても昔は町田《まちだ》のやりマンっしょ」

触れられたくない過去だ。

「ふざけたこと言わないで！」

茜は木箱の上にあった缶ビールを一個取り上げて、金髪の男に投げつけた。

「ふっ」

軽く肩を振って躱《かわ》された。コンテナの壁にぶつかって、切れ目が裂けた。泡が四方八方に飛び散った。

「その本性を売りものにした方がいい」

金髪男が飛び掛かって来た。

「いやっ。あんたみたいな男には、絶対やらせないわよ！」

茜はバスローブの胸を掻き合わせた。

「てめぇ、いつまでスター気どりでいるんだよ。拒否権ねぇから」

金髪男の顔が、般若《はんにゃ》のようになった。

「いやっ」

往復ビンタを食らった。頬が熱くなる。つづけて髪の毛を掴まれ、振り回された。肩や肘が木箱にぶつかり、擦り剝《む》けていく。

「金のかかったその顔をぐしゃぐしゃにしてやっから！」

足を払われ、床に崩れ落ちた。仰向けに倒れた。この男の狂気は半端ではない。

顔の上に男の踵が舞い降りてくる。素足になっている。

「いやぁ〜　顔だけは潰さないで！」

茜は、泣きじゃくりながら、必死に両腕で顔をブロックした。バスローブの裾が縺《もつ》れ、パイパンがまる見えになっているはずだ。

その股間をガツンと蹴られた。尻の裏まで痺《しび》れるような、強烈なキックだった。この男は本当に強い。

股間の襞《ひだ》が開き、花が溢《あふ》れ出た。マンチョのことなどどうでもよかった。

「お願いです。お願いです、顔だけは殴らないでください。許してください」

顔中を涙と鼻水でぐちゃぐちゃにして、懇願した。この手の男は平気で鼻ぐらいへし折ってくる。昔、町田で、ちょっとつっぱった女子高生が前歯をすべて金槌《かなづち》で割られたのを見たことがある。やったのはいま目の前にいる金髪男と同じ目をした男だった。

「てめぇ、さっき俺にビール缶投げたよな」

金髪男が棹を扱きながら言っている。

「ごめんなさい。許してください。謝ります」

茜は正座した。コンテナが揺れている。亀頭が目の前にあった。

「女がごめんなさいって言うときは、正座じゃないでしょ？」

金髪男が片眉を吊り上げた。

「あっ、はいっ」

茜は仰向けに寝て脚を開いた。もう股の真ん中は、びしょびしょに濡れている。

「たりねぇな。開いてオナニー」

金髪男が顎をしゃくった。

茜はごくりと喉を鳴らした。躊躇《ちゅうちょ》などなかった。人差し指を割れ目に這わせ夢中で淫芽を摩擦した。

「あっ、ふはっ、んんんんっ」

「おい、コジカネがマン擦り始めたぜ。撮れや」

金髪男が背後に声をかけた。コンテナの扉が開いて、カメラやライトを持った男が数人入ってきた。

おおよその見当はついていたことだ。

茜は、頭蓋《ずがい》の裏で、堕《お》ちていく自分の姿をはっきりイメージ出来ていた。もはや、アイドルには戻れないようだ。

「はい、カメラに向かって『私、セックス大好きなんです』って言ってよ」

金髪男に命じられる。

そっくりそのまま伝えて、最後に『早く、挿入してください』と付け加えた。いまはそう言うしか生き残る術《すべ》がないのだ。

「あっ、いいいっ」

金髪男の肉頭が、ずっぽりと入ってきた。

茜はその背中に手を回し、目を閉じた。猛烈な抽送が始まり、前後左右からライトが当てられた。

「明日引退声明をネットに上げろ、いいな」

抜き差しされながら、男に耳もとで囁《ささや》かれた。

「……はい。わかりました。でもなんで、私、こういうふうにされちゃったんでしょう。ずっと業界のルールは守ってきたはずなのに」

甘えるように訊き直した。

「芸能界は政界より、一段も二段も下にいるからだってさ」

金髪男が少し憐れんだ目をしたのが、嬉しかった。

5

「気が付かないうちに青天連合も、ずいぶん大きくなったもんです」

指定暴力団『関東泰明会』の会長代行傍見《はたみ》文昭《ふみあき》が、四角い顔の頬を撫でながら言った。

向島の組本部だ。

仏壇に飾られた先代会長金田潤造の遺影に、黄昏《たそがれ》の光が差し込んでいる。きりりと口を結んだ先代の顔は笑っているようにも、ちょっと怒っているようにも見える。

路子の心のありようを、そのまま映す鏡のような遺影であった。

「もうおよその調べがついたとはさすがですね」

一昨日、路子は急遽《きゆうきよ》、向島にやって来て、青天連合の大幹部、成田和夫について調査を依頼したのだ。

裏の住人のことは、裏の交番《ハコ》に聞くのが一番だ。関東泰明会は、警察と手を組む与党ヤクザである。

「いま張り切っているのは、城南《じようなん》と東横《とうよこ》の中堅だった連中ですよ」

遺影の方を眺めながら言う。

舞扇柄《まいおうぎ》の漆沈金《うるしちんきん》の和卓は、いかにも先代好みの華やかさがあった。その卓の上に湯呑ではなくコーヒーカップが置かれていた。先代の好物だったブルーマウンテンのブラックだ。

路子はいただいた。

「叩いても、叩いても、モグラは出てくるわね」

三年前に六本木を仕切っていたのは城南連合で、渋谷《しぶや》の東横連合と覇《は》を競い合っていた。度重なる抗争で、主だった幹部は引退を余儀なくされるか、逮捕を恐れて、海外へ逃亡してしまっている。

「悪は不滅ですよ。暴力の快感を知った者たちが、その暴力が金になるとわかったら、いくらでも上を目指します。ましてや、力の空白区があったら、取りに行かないやつはいない」

傍見もブルーマウンテンを飲んで、目を細めた。先代の存命中は、いかに若頭でも同じものを飲むことは憚《はばか》られたという。いまは供養を兼ねて、愛飲しているようだ。

「関東泰明会が、城南も東横も潰してしまったのが、いけなかったんですね」

路子は照れ笑いを浮かべた。傍見らに潰させたのは路子である。

「しょうがないんで、城南連合を復活させようと思っています。うちの系列としてですよ」

言うなり、傍見は襖《ふすま》に向かって「おーい、茶菓子はまだか」と叫んだ。

「いまはどこの組も傘下に半グレ集団を置いているのが普通ですからね」

路子は理解を示した。街をアマチュアの不良に荒らされるより、警察と組める本職に仕切ってもらった方がありがたい。マルボウの刑事の本音である。

襖が開いた。

関東泰明会の半纏《はんてん》を着た上原淳一《うえはらじゅんいち》が正座し、深々と辞儀をした。脇に丸盆が置いてある。

「モンブランとサバランをお持ちしました」

どちらも先代が好んでいた。傍見が、目で促してきた。

「私はモンブランをいただきます」

「では、あっしはサバランを」

傍見が、上原に顎をしゃくった。それぞれの前にスイーツが配られる。料亭を模した組事務所でスイーツセットとは、何とも不思議な取り合わせだった。

「城南連合は、こいつにやらせようと思っているんですよ。行儀見習いも二年になります。そろそろシノギを持たせようかと」

上原は路子が以前の事件で攫って、傍見に預けた若者だ。この二年、先代の世話係として、原則、組本部に詰めていた。ときおり、路子が単独捜査の際にアシスタントとして借り受けていたものだ。

「そうね。淳一君、もともとは西麻布で枕ホストをやっていたんだし、あのエリアを仕切るにはちょうどいいかも」

路子はフォークでモンブランを掬《すく》いながら、上原を見やった。

「例の成田について調べてきたのも、こいつです。姐さんから発令があれば、いつでも成田を攫いに行かせます」

傍見が口の端に生クリームを付けたまま言う。強面《こわもて》が台無しだ。

「まずは、成田について教えてちょうだい」

路子が上原を見た。

「はい」

と上原は膝立ちのまま、にじり寄ってきた。

「西麻布の会員制バー『ブルーヘブン』の経営者ですが、芸能界とのつながりが深いです。シャドープロの藤堂景樹社長の取り巻きとして、系列芸能人のボディガードみたいなことをしています」

上原が正座したまま言う。

「不動産会社の女性社員を拉致するとはどういうことかな」

傍見には、その女性社員が、公安の工作員であると伝えていたが、上原にまで教える必要はなかった。

「攫う相手の素性なんてどうだっていいんです。頼まれたらやる。半グレなんてそんなものですよ。拉致と監禁を請け負うだけで充分な金になるんです」

「なるほど。拉致のデリバリーサービスね」

「まぁ、そんなところでしょう。ただし、成田がわざわざ、自分で拾いに行ったというのは、よほど大事な相手ということですね。シャドーの藤堂さんあたりから直接の命令だったんじゃないですか。そのOL、芸能人と出来ていて、ちょっと存在がヤバくなったとか」

上原が元ホストらしい推測を語った。

「青天連合が監禁まで請け負っているとしたら、場所はつかめる？」

相手が、テロリストだった場合、すでに殺害されている可能性の方が高いが、どこかに留め置かれているという可能性も捨てきれない。

与えられた任務は、横取りだ。

「そこらへんのことを、いま探っています」

「青天の誰かを攫っちゃう気？」

「いやいや、そんな相手が身構えるようなことはしません。ブルーヘブンに出入りして女を、うまくナンパしてくればいいんです。城南を復活させる意味でも、相手のシノギの方法や組織の構成について聞き出したいですからね」

上原はすでにいっぱしの極道の面構えになっていた。

「淳一君が、直接ナンパするの？」

路子は、ブルーマウンテンとモンブランを交互に口に入れながら、いたずらっぽく訊いた。淳一に最初に出会ったのはホストクラブだ。薬物入りのシャンパンを振る舞われ、逆上した路子は、上原の顔面をぐしゃぐしゃになるほど蹴ったのだ。お世辞にも接客のうまいホストだとは思えなかった。

「滅相《めっそう》もない。もうそっちの腕はないってわかっていますから、やりません。昔の仲間で、腕のあるやつを雇います。僕は運営側にまわります。そこら辺のことは、先代やカシラから、きっちり教わっていますから」

「頼もしいわね。頼むわ」

路子は、親指を立てた。

傍見も、生クリームを口の端につけたまま、上原に向かって言った。

「おいっ、上原、それだけの口を叩いたんだ。いますぐ働いてこい。明日までに情報を摑んでこい」

傍見が急《せ》き立てる。やはり極道は、下の走らせかたが違う。

「へっ、代行、明日までですか」

上原が目を丸くしている。

「待って明後日までだ。それで監禁場所を見つけたら、その日から、お前が城南連合の総長だ。シノギの上納は六割。準備金を償却《しょうきゃく》したら五割に下げてやる」

「はいっ」

上原は、部屋を飛び出していった。すぐに走らせるが、インセンティブもきちんと決めている。

たぶん、明後日には、工作員の居場所はわかるだろう。

生きていればだが。

「ところで、代行」

お互い、スイーツを食べ終えたところで、路子は改まった。トートバッグからスマホを取り出した。

「へい」

傍見が口を手の甲で拭った。ようやく極道の顔に戻る。

「この動画見てください。女と一緒に映っているのは、半グレなんかじゃなさそうなんですけど」

一昨日、中央南署の杉山が手に入れた防犯カメラの映像を流して見せた。自分のスマホに転送させたのだ。

「おっさんすぎますね。だが、この耳の反り方は相当なもんですね」

傍見もそこに気が付いた。

「ねぇ、極道に見える?」

単刀直入に訊いた。傍見がしばし考え込んだ。

「違うんじゃないでしょうか。極道や半グレっていうのは、ワルはワルでも、派手さがあるもんなんですよ。こいつらやけに昏《くら》い顔をしてやがる」

実は路子も同感だった。テロリストか他国の工作員。

直前にビルに入った警備会社の制服を着たふたりが気になった。

第三章　黒いエンタテインメント

1

「バーナードセキュリティについて調べたいんですが」

路子は赤いバブルガムを膨《ふく》らませた。アップル味だ。

「外資系警備会社ということもあり、警察OBがいない。チェックしにくいな」

富沢誠一が、少し下がった縁なし眼鏡のブリッジを人差し指で押し上げた。鷲鼻《わしばな》の尖端に汗が一粒浮かんでいた。

路子たちは、東京ドームの三塁側ダッグアウトにいた。

目の前で、男性アイドルユニット『ストーム7』のコンサートリハーサルが行われている。二年ぶりの有観客コンサートだが、客数は五千人に制限しているそうだ。

同時にオンラインでも配信されるが、それにしても本来は五万人入るスタジアムに、だ。

スコアボードを背にした巨大なステージは五万人を入れているときと同じサイズだそうだ。ジャッキー事務所の力を感じる。

まだアイドルたちはステージに登場していない。バックミュージシャンたちがサウンドチェックに励んでいた。

膨らませすぎたバブルガムがパチンと弾けた。口の周りに輪が出来てしまった。富沢は横目で見て、軽く笑った。

「そこの警備員が、スーツに着替えて、女を攫《さら》ったと見立てることが出来るのですが」

ティッシュで口の周りを拭いながら推測を語った。

「同感だが、触る手立てがない」

「これ、他国の工作員という可能性もありますね。だったら、彼女が探っていた内容を必ず吐き出させますよ」

どこの国だろうが工作員をもっとも潜らせたい企業は、警備会社となる。契約している企業の警備状況を探ることや、さらにそれら企業への侵入方法を知ることが出来るからだ。

「外資系だろうが、国内の大手企業を扱う警備会社へは公安《ハム》の工作員も潜っているはずだ。したがって、バレる。これはあくまでマルボウとしての独自の奪還だ」

富沢が苦しそうに顔を歪めた。

「部長、裏に何があるんですか」

路子は新たなバブルガムを放り込んだ。

富沢は、考え込んだ。じっとステージを睨《にら》んでいる。

路子はドーム全体を見渡した。

ライトアップされる前のコンサート会場は、まるで巨大な建設現場だ。殺伐《さつばつ》としている。

ステージのフロント部分を、所轄の富坂中央《とみさかちゅうおう》署の制服警官と東京消防庁の消防隊員が合同で点検している。

舞台装置の火薬の量の点検らしい。

巨大イベントの場合、警察と消防が合同で立ち入り検査を実施することが多い。コンサート中も彼らは、場内や通路、ロビーで見守っているのだ。

富沢は、所轄を通じてこの場に立ち入っていた。路子はコンサート運営会社『青山《あおやま》ブッキング』を通じて入場した。祖父と親しかった人物が起こした会社だった。いまでも母の経営する銀座のスナック『ジロー』には幹部たちがやってくる。

「出世のために必要なんだ。黒須、軽蔑してもいいから、協力してくれ」

富沢がステージの方を向いたまま、軽く会釈した。瘦せこけた頰がヒクついている。

瞬間、ステージフロントで、七本の火柱が上がった。

「本番でもこの量に間違いないな。リハーサルだけ少量にしてたら、次から許可を出さないからな！」

背中に『東京消防庁』とプリントされた赤いつなぎを着た係員が吠えている。鼬《いたち》ごっこらしい。わかっています、と舞台監督らしい髭面《ひげづら》の男が頭を下げていた。

「部長、どうしても言えない事情なんですか。政界絡みですね」

路子は呟くように言った。

「違う」

あまりにもきっぱり言うので、これは政界の権力闘争だと確信した。富沢はわかりやすすぎる。

時の政局には内閣情報調査室《サイロ》と公安《ハム》が、関わっていることが多い。大きな権力闘争が始まっているのではないか。

「わかりました。私は心から部長の出世を望んでいますから、応援させていただきます。

そのうち自然に私にもわかってくるのだろうと思いますが、部長の側に立って対処します」

路子は言い切った。この男ほど使いやすい上司はいないからだ。

「そう言ってもらうと助かる。黒須ぐらい出世や権力に無頓着《むとんちゃく》な部下でなければ頼めないからな」

富沢の顔に本音が浮かんだ。やはり、この男は、わかりやすい。

「女性工作員の潜入時点での名前もまだ聞いていません。それもマル秘ですか？」

富沢はまた苦しそうな顔をした。酸素が足りなくなったような顔だ。

「谷村香織。人事データにはない」

「私と同じ存在ですね」

路子の人事データも黒須機関の発足とともに消されている。

「採用と同時に不動産のプロフェッショナルとして育成されている」

「年齢は？」

「三十一歳。黒須と同じだ。だが同期ではない。彼女には、採用年度もない」

富沢が、滑る眼鏡のブリッジを何度も押し上げながら言っている。汗っかきだ。

「つまり黒採用ということですね」

客席がゆっくりと暗転し始めた。ステージのあちこちには線状の光が浮かんでいる。ハンドライトを翳《かざ》した多くのスタッフが走り回っているようだ。

「そうだ。だから、たとえ殉職しても公表もされない。警視庁《ホンテン》に在職したという記録さえないんだからな」

黒採用とは、非公然捜査員の特別採用だ。その多くは異業種からスカウトされた者で、入庁と当時に府中の警察学校で秘密訓練を受け、そのまま潜入場所へと放たれる。生涯、警視庁にも所轄にも配属されることのない、いわば闇の捜査員だ。

「その女性をマルボウが保護するとは……」

何とも腑《ふ》に落ちない話だ。

「いずれ、黒須にもわかる。谷村香織の保護に成功したら説明する。成功しなかった場合は、知らない方がいい」

富沢がさらに顔を顰《しか》めた。

こういう任務はあるものだ。路子は無言で頷いた。

ステージが突如明るくなった。上方から七本のスポットライトの光が降り注ぎ、その光の奥から『ストーム７』のメンバーが踊りながら出てくる。

路子たちのいる三塁側ベンチからは、とても顔は認識出来ない。だが、その踊りの切れ味の素晴らしさは、遠目にも伝わってきた。

ストーム7は三曲続けざまに歌い踊った。

リハーサルには舞台衣装は着けずに、七人が思い思いの私服で臨んでいる。それが路子には新鮮だった。一般の者が見ることが出来ない姿を目撃しているという、かすかな興奮もあった。

「返しとか、もろもろOKでしょうか」

スピーカーから女性スタッフの声が流れた。

「俺、リョウちゃんのソロパートになる瞬間がちょっと聞きとりにくい。本番では突いてくれませんか」

もっとも上手《かみて》側のメンバーが手を挙げて言った。シンジだ。白のタンクトップにゴールドのネックスレス。ベージュのワイドパンツを穿いていた。

「わかりました。打ち込んでおきます」

他のメンバーたちは、問題ないというふうに、両手で大きな円を作っている。

「では、次、バンドパートです。少しお待ちください」

先ほど、消防隊員と話していた舞台監督の男が、ステージの真下でマイクを持って伝えていた。

「突くっていうのは、背中でも突いて教えてくれということかね」

富沢が唐突《とうとつ》に訊いてきた。

「突くっていうのは、ボリュームを大きくするってことだと思います。プロの音響エンジニアが音の上げ下げに使うのはスライド式のフェーダーなので、ボリュームを大きくするのは、上に突く感じになるんです。『打ち込んでおきます』と言ったのは、多分自動的にそうなるように記憶させておくってことかと」

路子は答えた。クラブに潜入していた際に覚えた知識だ。DJなども同じような作業をしている。

富沢があいまいに頷いた。七十パーセントぐらいの理解のようだ。

客席のライトが再点灯し、メンバーたちが舞台下手《しもて》へとはけていった。代わりに上手の袖から、平らな台に載ったバンドセットが引かれてくる。ヘルメットを被ったスタッフが四人がかりでロープで引いていた。

「案外アナログなんだな。ああいうステージセットこそすべて電動なのかと思った」

富沢が立ち上がってステージの様子を見上げていた。

「いや、事故や怪我を避けるために、アーティストの動きに合わせ、人の力で作動させる方が合理的なのだと思います」

アイドルもダンサーもロボットではない、気分で動く生身の人間だ。それに対応するのはスタッフの五感しかないはずだ。

まさにリハーサルこそ、最大の舞台裏見学である。

まだ客の入っていないアリーナ席でも、さまざまなスタッフが走り回っていた。大勢の警備員もすでにブロックごとに配置されている。

客数が通常の二割と言っても、一万人だ。しかも客同士三席以上、間隔をあけて座るので、守備範囲は五万人規模とさして変わらない。

警備は、コンサートやテレビ局の公開イベントなどを専門とする老舗《しにせ》『ホンマ芸能サービス』が仕切っていた。戦後、プロレス興行の警備や場内整理を担《にな》ったことから、次第に興行界に特化した警備会社だった。

路子が青山ブッキングを通して、ジャッキー事務所のアイドルのコンサートリハーサルを覗きに来たのは、事務所の雰囲気やスタッフの様子を自分の目で確かめたかったこともあるのだが、警備員の動きにも注目したかったからだ。

ホンマ芸能サービスの警備本体の下に他社から動員された者たちが、多く紛《まぎ》れている。バーナードセキュリティからも五十人ほど参加しているというのだ。

『スタジアムクラスの興行になると、一社じゃ賄《まかな》い切れないんですよ。かといって単純にバイトの募集をかければいいというものでもない。警備員というのは一定の訓練が必要なんです。それに身許がはっきりしているか調べる。ですから、その期間中だけ他社から借りるんです。割増料金になりますが、まぁ、結果安全っていうことですよ。いちいち警備の内訳まで詰めてくるクライアントはいませんからね』

青山ブッキングの運営部長の北条実《ほうじょうみのる》の話だ。

今回のクライアントはジャッキー事務所の系列であるコンサート制作会社『ジャッキーステージ』だ。

路子は、さりげなくあたりにいる警備員に視線を巡らせた。いずれもホンマ芸能の制服を着ているのでバーナードセキュリティの人間を特定は出来ないが、この中の誰かとコネを付けたいと考えていた。

出来るだけ新人スタッフがいい。

路子は立ち上がって三塁側ベンチを出た。アリーナ席の各ブロックを見まわろうと歩を踏み出した。

と、そのときだ。

「マコトの動きが悪すぎ。完全に半拍遅れている。振り付けは誰なの！　ちょっと呼んできて。それに音も反響しすぎ。今夜はお客が少ないのよ。いつもと同じじゃ、吸収しないわよ」

低いが迫力のある声が、バックネット方向から聞こえてきた。

路子はその方向を見やった。

車椅子に座った白髪の婦人だった。臙脂《えんじ》のパンツスーツ。二重瞼《ふたえまぶた》の大きな目に、黒縁の大きな老眼鏡をかけていた。車椅子の背後に秘書のような身なりの中年女性。その周囲に四人の男がいた。

——エリー坂本?

咄嗟にその名が浮かんだ。

「すみません、エリーさん。音は引かせます」

やはりジャッキー事務所の創業者エリー坂本に間違いない。

「大門《だいもん》さん、頼むわよ。それと振り付け。あれじゃだめ。変えないと」

エリー坂本がステージを指さしながら怒鳴《どな》っていた。九十歳を超えているとは思えない矍鑠《かくしやく》ぶりだ。路子は呆気《あつけ》にとられた。

「振り付けはリカルド中村《なかむら》です。おい、リカルドを呼べよ」

五十代と思われる男が、部下らしき若手に命じている。若手はすぐにスマホを取り出し、どこかに電話し始めた。

車椅子とそれを囲む一団が、三塁ベンチの方へ向かってきている。

ふと見るとグラウンドとベンチの間にスロープが置かれている。ここに降りてくるようだ。路子は慌てて、富沢に脇に寄るように手を動かした。事態を察した富沢は、ベンチ裏へと逃げた。ここで顔バレはしたくない。路子も、エリー坂本の視線から外れるべくベンチ脇のフェンスに寄った。

「ところでエリーさん。『バーナードブラザーズ』が『スカイボーイズ・ハイ』を欲しがっています……あの子たちも、そろそろデビューさせどきかなと……」

大門と呼ばれた男が背中を丸めて、エリー坂本に伝えている。お伺いを立てているようだ。スカイボーイズ・ハイは、まだ歌こそ出していないが、バラエティや歌番組での露出が急増している。歌番組では、大先輩たちの往年のヒット曲をカバーしているのだが、これが実にいい。

バーナードブラザーズは、多国籍企業群であるバーナードグループの中核会社である。映画、音楽の娯楽産業から出発したが、現在は、放送、通信、テーマパーク、貿易、運輸などありとあらゆる産業に進出し、警備会社バーナードセキュリティもその一角である。

「外資系はダメよ。タレントが育たないもの」

「契約金は二本提示していますが」

大門が指二本立てている。Vサインのようだ。二億というところだろう。

「そんなはした金、いらないわよ。ようするにスカハイをもう完成したタレントとして見ているんでしょう。デビュー時点で、売り上げがすでに見込めると踏んでいるだけよ。本国の決裁も下りやすい。イージーすぎるわ。だから外資って嫌いなの」

エリーはまくし立てた。

車椅子がダッグアウトに接近してきた。

背後から、ホンマ芸能サービスの制服を着た警備員がひとり近づいてくる。他の警備員に比べ、やや年配である。さりげなく腕時計の竜頭《りゅうず》を押した。マイクロカメラが内蔵されている。警備員の姿と動きを録画した。

「スカハイは『太平《たいへい》レコード』に振ってみてよ。まだ岩切《いわきり》さんがいたら、彼にやってみないかって訊いて」

意外なレコード会社の名前が出た。太平レコードは日本で三番目に古いレコード会社だが、主力は演歌と学芸で、おそよJポップとは無縁の会社だ。

「岩切さんはまだ太平にいますが、いまは学芸部で落語や漫談のプロデューサーですよ」

「いいのよ、何やっていても。そろそろ『光陽隊《こうようたい》』のような雰囲気のユニット、また売れると思うの。光陽隊の成功体験が彼にはあるわ。あの感じを令和に蘇らせてって伝えてよ」

光陽隊とは、八〇年代に活躍した四人組だ。ジャッキー事務所の中興の祖と言われている。ジャッキー事務所のタレントの中では最古参。いまだに数年に一度ミュージカルの一か月公演を行っているが、そのチケットは発売日に即完売となるという。

路子の印象は、とんでもなく体の切れのあるおっさんたちだが、母はいまだに、恋焦がれている。

「しかし太平は資金力が……」

大門が困ったような口調になった。

「大門、いつからうちは契約金のコンペをかけるような事務所になったの？　やめてよ、藤堂や永井《ながい》じゃないんだから。契約金なんかいらないわよ。逆にうちがあのレコード会社のJポップ部門を請け負ったらいいのよ。いまさら、あなたほどのベテランには釈迦《しゃか》に説法のはずだけど、新人を売り出す力は、質掛ける量よ」

エリーが敢然《かんぜん》と言った。藤堂、永井はいずれも芸能界の大立者《おおだてもの》だ。地上波テレビのブッキングを握るシャドープロの藤堂景樹、大手広告代理店出身でCMのキャスティングの権益に強い『モーニングミュージック』の永井幸雄《ゆきお》。どちらも、番組やCMを事前にセッティングしたうえでレコード会社に売り込むのだ。

当然、契約金のコンペティションとなる。

「はい、ですが……」

大門は、頭を掻いている。

「アイデアのない会社ほど、量に頼るの。契約金、宣伝費、印税率。どれも規模の大きさで交渉してくる。バカね。エンタテインメントビジネスの本質を知らない。資金力のない太平レコードが、ひたすら知恵をしぼってくれたらいいのよ。それが質よ。私が欲しいのはそれよ。量はうちが請け負うわ。うちより多く露出が取れる事務所が他にあるかしら」

エリー坂本が高笑いしながら、手を挙げた。秘書が車椅子を止めた。

「ですが、エリーさん。ジョージ社長は、ニューヨーク進出も視野に入れて、いまのうちにバーナードブラザーズと組んでおくべきではないかと。また、今後、契約金収入も予算化すべきだとおっしゃっています」

大門が縋《すが》りつくように言ってる。ジャッキー事務所は、今年二月、突如、創業者のエリー坂本が経営の一線から退き、代表取締役には、長男の坂本譲二《じょうじ》、通称ジョージ坂本が就いた。

現在エリーは代表権を持たない名誉会長である。

「ジョージがそんなこと言っているの？　最低っていうか、古すぎる発想。いまさらニューヨーク？　私が七十年前に日本に戻ってきた時代と違うのよ。いまは東京が新しいの。ブロードウェイやハリウッドをめざすなんて、遅い、遅い。日比谷の劇場に世界から来てもらえるようなタレントをつくるのよ。ユー、わかる？」

「あっ、はい。確かにそうです」

大門が、背筋を伸ばした。

「あなた、わかっているのならジョージにもっと意見しなさいよ。それにね、うちは本当に契約金はいらないから」

エリーはきっぱりと言った。なぜ、そこまで、契約金に拘《こだわ》るのか、逆に不思議であった。ジャッキー事務所からアイドルを配給されるだけで、レコード会社は売り上げが見込めるのではないのか？

「わかりました。ジョージ社長と、話し合ってみます」

説得されてしまった大門だが、その顔はむしろ清々して見える。エリー坂本は、代表権を返上しても、ジャッキー事務所の実質的なオーナーであることに変わりはないらしい。

エリーを囲む一団のすぐ背後に、さきほどの警備員が立っていた。エリーをＶＩＰとして、警備をしているのだろうが、聞き耳を立てているようにも見えた。

路子はこの男をマークしようと、遠回りに近づこうとした。一歩踏み出したときだ。

「十六時からステージ上での事前取材なので、マスコミを入れます」

ダッグアウトの奥から、新たなスタッフが現れた。黒の細身のスーツ。中背だが脚は長い。スタッフパスを首から下げていたが、やけに華やかなオーラを放っていた。

「赤瀬、会長がまだ打ち合わせ中だ」

大門が、男を睨みつけた。

——あれが元アイドルで、いまは裏方に回った赤瀬潤か。

路子は歩を止めた。

「あっ、失礼しました。止めてきます」

目を丸くした赤瀬が、踵《きびす》を返した。

「いいのよ、そのまま通して。私もみなさんに挨拶するから」

エリーが車椅子の後ろにいた秘書に手を振った。秘書がすぐに前に回り、紺色とグレーのタータンチェックのひざ掛けを外した。

するとエリー坂本は、即座に車椅子の脇に差してあったステッキを抜き、それを支えに立ち上がった。

すっと背筋が伸びる。

「プレスの皆さん、どうぞ。本日は、エリー坂本がお出迎えさせていただきます」

赤瀬がダッグアウト裏に向かって、如才《じよさい》なく声をかけた。

取材記者や脚立を抱えたカメラマンたちの一団が列をなして入場してくる。一様に驚きの表情だ。

「わざわざ、うちの子たちのために足を運んでいただいてありがとうございます。どうぞ、ストーム7をよろしくお願いしますね」

エリー坂本は記者、カメラマンのひとりひとりに声をかけていた。

気づくと警備員の姿が消えていた。路子は不審に思った。

いままでエリーを囲んでいたのは、身内の社員たちだ。そのときには、背後にいて、外部のマスコミと対応しているいまはいないというのは、おかしくないか。

先ほどそばにいた警備員を目で捜した。付近には見当たらなかった。

「まさか、エリー会長がおられるとは」

記者のひとりが、恭《うやうや》しく頭を下げた。腕章には『マイスポ』とあった。路子の盟友川《かわ》崎浩一郎《さきこういちろう》がいた毎朝《まいちょう》新聞系列のスポーツ紙である。

「あら、私は、どのタレントのコンサートもちゃんとリハーサルからチェックしていますよ。会社の運営はジョージに任せても、プロデュースや演出まで放棄したわけではないんですからね」

「そのコメント、明日の各紙のトップになりますよ」

マイスポの記者が、そう言って背後を振りかえると、他の記者やレポーターたちも、同意の声をあげた。

「やめなさい。そんなことしたら全社、出禁にしますよ。私は、昔気質《かたぎ》の裏方ですからね」

わざとらしく顔を顰めて、報道陣全体を見渡す。

「わっ、怖いっす。決してエリーさんのことは書きません!」

記者も大げさに顔の前で手を振って見せる。エリーが破顔《はがん》した。見事な予定調和で、演劇性に溢れたやり取りだ。

「ねぇ、三宅《みやけ》さん、今日はなんか面白いニュース入っているの? 芸能界情報を聞かせてくださいよ」

エリーが立ったままマイスポの記者に訊いている。車椅子からは立ち上がったが、一歩も歩いていない。立つだけで精一杯なのだろう。そんな体調でも、他社の情報を知ろうとする精神力は、ただものではない。

「小島茜が、二時間前に引退表明を出しました。まったく気配がなかったので、驚いています」

「あら、それは紙面を割《さ》かれそうね」

エリーが今度は本気で顔を顰めた。

背後から別な記者の声が上がる。腕章には『スポーツ東日《とうにち》』とある。

「それはないですよ。大きくしてほしくないから、ストーム7の初日に発表したんでしょうから」

報道陣の一同から笑い声が上がる。芸能マスコミと事務所のなれ合いが透けて見える。

「茜ちゃんって、どちらの事務所でしたっけ？」

エリーは空とぼけた調子だ。

「まぁ、ザックリ言ってシャドー系です」

マイスポの三宅が答えた。

「あら、みなさん藤堂にも忖度《そんたく》するのね。大きく載せてあげたらいいのに。きっと、急なおめでたとかでしょう」

エリーがステッキに半身を預けた。

「いやいや、明日の芸能面は二面抜きでストーム7のコンサート詳報ですよ」

スポーツ東日の記者が声を張り上げた。

エリーが満足そうに頷いている。

「それでは、みなさん、どうぞ、『ストーム7』をカッコよく撮ってくださいね。七人が一斉にバク宙した瞬間、メインに使ってくださいよ。題してセブンインパルスよ」

「えっ、エリーさん新演出ですか」

「初日の取材に呼び込んでおいて、いままで通りじゃ、皆さんに失礼でしょう。うちはそんな横柄《おうへい》な事務所じゃないですよ。後は見てのお楽しみということで」

とエリーが赤瀬の方を向く。

「メンバー全員、もう袖にスタンバっています」

赤瀬がステージを指さす。

「では、皆さん、どうぞよろしくお願いします」

エリーは報道陣に深々と頭を下げた。

報道陣は、勢い込んでステージ前に設《しつら》えられたプレスサークルへと進んでいった。

「大門さん、記者さんたちのお土産《みやげ》は用意してあるんでしょうね」

再び車椅子に腰を下ろしたエリーが訊いている。

「はい、銀座ウエストのリーフパイセットとうちの社名入りボールペンです。負担にならない程度かと」

「はい、それでいいです。お土産は大事なことですからね。これからもきちんとね。マスコミには無理を言う。けれど礼は尽くす。それがうちのやり方よ」

「よく心得ています」

大門が四十五度に身体を折る。そのタイミングに合わせたかのように秘書が車椅子を押し、エリー坂本はダッグアウトの奥へと消えていった。

――すべてがサマになっている。

路子はそう思った。

巷間《こうかん》『芸能界の女帝』と称されているエリー坂本だが、その実は傑出した事業家なのではないか。

路子は祖母を思い出した。祖母は銀座の女であり、戦後のフィクサーと呼ばれた黒須次郎の愛人であった。

一本筋の通った婆さんだった。

似ているのである。エリー坂本と祖母。

2

結局二日経ち、上原が焦っているところに、ようやく竹井稔《たけいみのる》から連絡が入った。午前三時のことだ。

「ブルーヘブンでバイトしているタレントの卵、やっと落としました」

電話の声が弾んでいる。

「おせぇよ」

上原は声を張り上げた。自分がヘッドになって城南連合を再興させるというビッグチャンスが目の前にあるというのに、ぐずぐずしてはいられない。

「先輩、無茶言わないでくださいよ。いくら俺が腕上げたって、その日のうちに落とすのは無理ですって」

竹井が言い訳を始めた。

「無茶ぶりを達成した奴だけが、ビッグになれる。俺はこの二年、いやというほど、成功した奴と、チャンスを逃した奴を見てきた。成功する奴は、必ず最初の一歩で無茶をしでかしている」

上原は言った。

「先輩、なんかこの二年でやたら太くなりましたね。極道ってそんなに鍛《きた》えられるんですか」

「当たり前だ」

最初に黒須路子に会ったとき、鉄板入りのローヒールで顔を潰された。ホストとして客が取れるようにと隆鼻《りゅうび》手術を受けたばかりの時だった。鼻梁《びりょう》に重ねたプロテーゼがずれて、激痛に見舞われたものだ。連行された芝浦の倉庫では、氷の風呂につけられて拷問された。

自分は、死ぬのだと思った。

そして人がいとも簡単に死ぬ光景も何度か見た。極道界では、日常的なことだ。

生きるか、死ぬか、それは紙一重のところで決まる。

「とにかく身体で手なずけました。もう、棹が擦れすぎて真っ赤ですよ。たぶん、いまならなんでも喋ってくれます。ただし女の気持ちは、変わりやすいですから明日はわかりません。自分、先輩からの命令なので、まだ五時間は腰振るつもりですから、今日は大丈夫だと思いますが」

プロのホストの正しい見解だった。色で釣っていられる時間は限りがあるということだ。その先は心も売ることになる。これはリスクが大きい。つまり急いで来てくれということだ。

「どこにいる？」

「木更津《きさらづ》のラブホです。六本木からはとにかく引き離した方がいいと思ったので、こっちへ連れてきました。俺の地元です」

竹井とは、かつて歌舞伎町《かぶきちょう》の店で一緒だったが、その後お互い六本木へ出た。ホスト稼業も不思議なもので、歌舞伎町では人気の出なかったものが、六本木や西麻布でブレイクすることもある。

竹井は、六本木の中箱《ちゅうばこ》でナンバーワンになった時点で、大箱には移籍せず、流しの道を選んだ。ホストは嫉妬の世界である。店で覇権を競いあうと、かならず抗争になる。竹井はそれを嫌ったのだ。フリーランサーになって、月単位で店と契約する一匹狼の道を選んでいた。

その時点で、無茶な道を進んでいると言える。

上原が見込んで依頼したのはそこだった。秘密が漏れる可能性も低い。

「間違いのない女だな？　お前とやりたい一心でフカシを入れているってこともあるだろう」

念を押した。

「いや、ブルーヘブンの内情に詳しいことは確かです。個室でシャドープロの藤堂さんの棹もしゃぶったことがあるって言っています。本名も芸名も深町響子《ふかまちきょうこ》っていいます。ブルーヘブンの成田が経営している芸能プロ『シャッフル』の所属ですよ」

竹井が言った。

「なぜ事実だとわかる」

さらに念を押す。

「自分の客に藤堂さんとやったという女が二十人ぐらいいます。そのうちの十七人が、同じ特徴を言っていますがこの女、それと合致しています」

「どんな特徴だ？」

「そいつは言えません。口と棹が堅くないと、この商売は務まりませんよ。先輩だってご存知でしょう」

「言わなきゃ、俺への信頼性に欠ける。この案件が決まったら、お前に店一軒ただでやる。その店に関しては上納もいらねぇ」

上原はそう返した。踏み絵だ。

「包茎でインポだそうです。ＥＤ治療薬を常用しているので、抜いても抜いても、クスリが切れるまで勃起していて、顎も腰も抜けそうになると、みんな言っています」

竹井が冷静な口調で白状した。噴き出しそうになるのを堪《こら》えて上原は、即答した。

「ラブホの名前を言え。一時間で行く」

首都高とアクアラインをバイクで飛ばした。

竹井と女は木更津のラブホ『キャッツ』にいた。

3

「稔、この人誰よ。3Pなんて嫌だからね」

深町響子は、ベッドの上でバスタオルにくるまったまま、眦《まなじり》を吊り上げた。

「いや、俺もEDなんで、大丈夫だ。クスリも持ってねぇし。竹井の親友ってだけだ」

上原はヘルメットを脱ぎながら、女を観察した。タレントの卵らしく整った顔をしていた。ただし、特徴はない。美形であるというだけだ。

「じゃぁ、何しに来たのよ」

「竹井が、初めて結婚したい女と出会ったってラインを入れて来たので、だったら俺が立ち会うしかないだろうなって思ってさ」

「えっ、何、それ。嘘よ」

響子はたちまち顔を真っ赤《まか》に染めた。満更ではないようだ。

——この勝負、貰った。

上原は、胸底で唸った。

竹井は蒼くなり始めていた。ここは勝負どころだ。なんとしても成功させねばならない。たとえ、ひとりぐらい殺してでも、だ。

「マジだよ」

上原は黒革のライダースジャンパーの内ポケットから封筒を取り出した。

「先輩、なんですか、それ」

竹井も声が裏返った。

「婚姻届。こういうもんは、一気に決めた方がいいんだ。ホストにタレント。決めるときに決めないと、一生独身だ。ホストやタレント活動している間は、どっちも隠してりゃ、それでいいんだよ。芸能界への根回しは俺がやる」

さっと紙を広げた。

竹井の名前と住所は入っている。認印も押してある。果たして竹井は目を剝いた。その眼を睨み返す。この二年、毎日鏡の前でトレーニングを積まされた睨みだ。

竹井は、下を向いた。

『極道は眼で人を殺せるようになったら、一人前。鉄砲で脅すようなのは外道《げどう》のやることよ。上原、漢《おとこ》は、眼だ。眼力よ』

先代の金田潤造にさんざん発破《はっぱ》をかけられたことが、いま生きたようだ。

「稔、これって、マジで？」

響子が、竹井に横から抱きついた。バスタオルがハラリと外れ、バストが現れる。巨乳だった。サクランボ色の乳首が尖っていた。

「あぁ、マジだよ」

投げやりな竹井の言い方が、響子には照れ隠しに聞こえたことだろう。発情している女は、すべていい方に考える。

「これ、響子さんも受ける？　深町の認印も探してきた。芸能界関係は俺が話《ナシ》をつける」

極道は、ありとあらゆる名前の印鑑を用意しているものだ。いつでも相手に判を求められるようにだ。

「成田さんや、藤堂さんには根回ししてくれるんですよね。私、コジカネの消えた枠に推《お》してもらえそうなんですよ、いま」

響子はとことん騙《だま》されやすい女のようだ。昨日小島茜の電撃引退のニュースが流れたが、本当に後枠に推す気ならば、とっくに店を辞めさせている。いまや、芸能界で、西麻布の会員制バーでバイトしているのは、マイナス材料でしかないからだ。

「もちろんさ。夕方にでもアポを取る」

「わかりました。決まりですね。稔、だから実家のある木更津だったのね。私、ご両親に挨拶に行く。どこかで地味な洋服を買いに行こうね」

生乳を振らしながら、響子はベッドの上で婚姻届に署名し印を押した。

完全に夢を見ている。

証人二名の欄には上原と傍見が署名捺印《なついん》してある。上原が傍見のぶんも代筆している。筆跡を変える訓練もみっちり積まされている。

「おめでとう。あとは、役所に提出してくれ」

ここからは、竹井がどう逃げるかだけだ。ホストの腕の見せ所だ。

「俺がブルーヘブンの成田さんやシャドーの藤堂さんにナシをつけて、丸く収めるまで、ふたりはここにいてくれよな。たっぷりエッチしている間にまとめるから」

上原は、まず前振りをした。

「よろしくお願いします」

響子が頭を下げた。巨乳が垂れる。

「成田さんのなんかまずいことをひとつ教えてくれないかな。軽い強請《ゆすり》ネタでいいんだ」

上原が言うと、響子の顔が少し険しくなる。警戒しているようだ。

「いや、最初は怒るに決まっているんだよ。自分のところのタレントがホストに食われたんだからな」

「俺、睾丸《タマ》潰されるか、棹を切られるかも知れないですね。いや、そのぐらい覚悟決めてますが」

竹井が芝居を合わせてきた。

「えっ、そんなのありえない」

響子が薄い毛布の下で、竹井の棹を握ったようだ。

「いや、だから、そんとき、俺が軽いジャブを打てればいいのさ。たとえば、『あんた女を攫ってんだろう』とハッタリかますとかね」

「それありですよ。攫ってますから、あの人たち……」

響子が尖った眼をした。

竹井が、その響子の股間に指を這わせたようだ。薄い毛布の下で双方の手首が動いている。上原は軽く発情した。

「どこに連れて行っているんだろう」

慎重に訊いた。

「青森《あおもり》ですよ。成田さんの故郷です。青森の竜飛岬《たっぴみさき》のあたりに、古いけれど安く借りれる倉庫やビルがたくさんあるって自慢してました……」

響子の眼に、狡猾《こうかつ》さが浮かんだ。密告を楽しんでいる眼だ。

「安いのはわかるけど、そんなところを借りて何に使うのさ?」

わざと遠回しに訊く。

「表に出せないお金みたいです。成田さん、捲《めく》ってない札束が段ボールに山と積んであるって、周りの人に言っていたことがあるから。そこに攫った女とかも、閉じ込めているみたいなことを私、聞きました」

それは、犯罪で作った金ということだ。オレオレ詐欺や闇イベントの収益金。銀行に預けられない金を隠しているのだ。

「俺、いま山勘《ヤマカン》で、女を攫うって話し出したんだけど、マジ攫うってどういうこと?」

「最初は、キマりすぎてヤバくなった女を、ヤク抜きさせるために監禁していたみたいなんです。アイドルなんかでも、そういう女っていますから。警察が内偵し始めたな、という情報があると、すぐに攫うんです。パクられちゃう前に、適応障害とか海外留学とか、適当な理由を付けてプチ引退させちゃうの。それでヤクが抜けるまで、どっかに監禁しちゃうんですよね。その専用倉庫が、竜飛岬の方にあるみたいなんですよ」

「ひょっとして、先週、引退表明した小島茜も、どこかに連れ去られたとか?」

引退理由が、イタリア留学とコメントされていた。ファッションの勉強をして、新しい方向を目指すとブログにもあった。そのブログを最後に一切マスコミの前から姿を消したという。

「あの子、たぶん依存が進んでいたんだと思う。ブルーヘブンに来てもちょっと感情の起伏が激しかったし。また枕営業《マクラ》やり始めたって成田さんが呆れていた」

「あれだけ売れていても、ウリやんのか？　どんだけの相手だよ」

上原は訊いた。

「ウリじゃないでしょう。義理マン。相手は政治家とか実業家とかっしょ。藤堂さんとか、凄い人たちの指令。キメてないとやれないと思うよ」

響子は、ちょっと嬉しそうな眼をしている。手が届かなかったライバルが失墜するのが、快感なのだろう。

「政治家……」

上原は路子に報告しておく必要性を感じた。本来の捜索対象ではないが、繋がりがあるかも知れない。

竹井が、褒美《ほうび》とばかりに、響子の股間で、手首のスナップを利かせていた。

響子は背中を反らせた。

「わかった。それだけ聞けたら充分。あとは適当にハッタリかまして、うまくまとめちゃうよ」

上原はそれだけ聞いて、部屋を出た。

同じホテルの別な部屋を取って、ひと息入れた。ひとりラブホは案外、いいものだ。シティホテルに置き換えるとちょっとしたジュニアスイートの趣《おもむき》で、ビジネスホテルのシングルルームなどよりはるかに開放感がある。窓がないのに開放感があるのは、何よりも部屋が広いからだ。それにルームサービスもある。

上原は、ハムエッグにトースト、コーヒーのモーニングセットを取り、スマホで青森県の竜飛岬を検索した。

本州の最北に当たる青森県の津軽《つがる》半島の突端にある岬だった。東津軽郡外ヶ浜町《そとがはままち》というのが、竜飛岬のある町の名だ。画像リストを見る限り、殺風景な北国の海という感じであった。

一九八七年に『青函《せいかん》トンネル』が貫通したが、約三十年間の工事期間中は、本州側の入り口にある今別町浜名《いまべつまちはまな》を中心に東津軽郡全体が、工事労働者で賑わっていたとある。

本州と北海道を結ぶ北海道新幹線の開通は、貫通からさらに二十九年後の二〇一六年のことになるが、その時期から東津軽郡から、工事や鉄道関係者の姿が消え、町は六十年前の状態に戻ってしまったようだ。画像を見る限り、寂《さび》れた町である。

かつては『竜飛海底』という駅があったそうだ。

眼の前の大型テレビでは朝のワイドショーが流れていた。

一昨日、東京ドームで行われた『ストーム7』のコンサート模様がOA《オンエア》されている。

女性レポーターが『ここを見てください、七人の新たなダンスフォーメーションです』と甲高《かんだか》い声をあげた。

見ると、ストーム7の七人が、空中で背面跳《はいめんと》びをしていた。それもただのバク転とかバク宙ではない。ステージから二メートル近く上がり、背中からメンバーひとりひとり、煙を出している。七色だ。まさにレインボー。

「なずけてセブンインパルスです」

女性レポーターが興奮気味に言っている。

それはジェット・パックだった。

メンバーはリュックのようなものを背負っており、その下方から飛び出す噴射で、宙に上がっているのだ。

ジェット煙にそれぞれ色がついている。確かに航空自衛隊のブルーインパルスのデモンストレーション飛行のようだ。

七人はジェット煙で円や直線を描いて、独特な模様を浮かび上がらせていた。まるでミステリーサークルのような模様だったりする。

テレビは約三十秒にわたり、その映像を流していた。

——たいしたものだ。

上原は単純に感動した。

ジャッキー事務所のアイドルは、もともと憧れ、尊敬もしていた。いずれもホストの鑑《かがみ》のような存在だからだ。

それにしても、ジャッキー事務所の、独創性は目を瞠《みは》るものがある。

興奮しながらトーストにバターを塗っていたとき、突如、短いチャイムと同時に画面上方に速報のマークが浮かんだ。

上原は手を止め、画面を凝視した。

【ジャッキー事務所創業者、エリー坂本氏、意識不明で救急搬送される。病院で新型コロナウイルスに感染と判明】

——わっ。

画面が切り替わり、ワイドショーの司会者のアップになった。この局を代表する男性アナウンサーだ。

「ただいま速報が流れました通り、ストーム7などが所属するジャッキー事務所の創業者で名誉会長のエリー坂本さんが、今日未明、自宅で呼吸不全になり救急搬送されました。

ＰＣＲ検査の結果、新型コロナウイルスの感染が確認され、現在隔離病棟で治療中。事務所関係者の話では、エリーさんは重篤《じゆうとく》とのことですが、医師たちの懸命な治療が続けられている模様です。繰り返します――」

アナウンサーがもう一度原稿を読み直し、レポーターやコメンテーターの悲痛な表情が映し出される。

こいつは、カシラも姐さんも忙しくなりそうだ。

一刻も早く、竜飛岬の件を知らせねばと、上原はスマホを取り出した。

第四章　黄金のメロディ

1

瞼《まぶた》を懸命に開けようとしているのだが、開かない。まいったわね。音は鮮明に聞こえるのに、視界は塞《ふさ》がれて、呼吸するのが苦しかった。

想像していた以上に、その状態はホワイトアウトな感じだった。死ぬ瞬間というのは、てっきり暗黒の世界に落ちていくものだと思っていたが、文字通り、視界も思考も真っ白だった。

人は生まれたときの記憶はまったくないので、最期だけはきちんと見届けたいとかねがね思っていた。

何となく海に沈んでいく感じだ。

それも真っ白な海だ。

エリー坂本は、自分が死の淵にいると自覚していた。

倒れた瞬間のことはしっかり覚えている。

いつものように午前四時に起きて、住み込みの秘書の湯川《ゆかわ》に紅茶を淹《い》れてもらっていたときのことだ。

突然、息苦しくなった。大きく息を吸い込んでも、空気が入ってこない感じなのだ。

「湯川さん、私、なんかちょっと変……」

焦って訴えた。ダージリンにレモンを添えていた湯川が驚いた顔をして、すぐに背中をさすってくれた。それがどんな効果があるのかわからなかったが、とにかく人がいるというのは、心強かった。

けれども、いくら背中をさすってもらったり、ミネラルウォーターを飲ませてもらっても、空気がどんどん薄くなっていく気がした。

ダイニングの椅子から滑り落ちたのは、最初に息が苦しくなってから五分と経っていなかったかも知れない。

腰が落ちるよりも先に、両手をついて、ゴロリと横倒れになったのが、幸いした。知っていてやったわけではないのだけれど、たまたま柔道の受け身の体勢になったのだ。

こんな時のために、広尾の我が家の床は弾力性を持たせてあった。コンクリートではなく柔らかいウッドだ。その上にさらに厚手のペルシャ絨毯《じゅうたん》を敷いている。

手首と肘《ひじ》が少し痺《しび》れた程度で、腰に大きな痛みはなかった。それよりも何よりも、胸が苦しかった。肺だ。

これは流行《はや》りのコロナにやられた、と唇を噛《か》んだ。

第二次世界大戦も、石油ショックも、バブル崩壊も、逃げおおせたが、今回のコロナには、やられたかも知れない。

九十三歳は、自分が望んでいた以上の寿命だった。まったく長生きしたものだ。

二十年ぐらい前から、死は意識していたので、いずれやってくると待ち構えていたのは事実だ。

そのときが来たら、じっくり自分が朽《く》ちる様子を観察するつもりでいた。

誰も教えてくれず、自分も誰かに教えてやることが出来ないのが『死ぬときの心境』だ。

どんなものなんだろう。エリーは好奇心に駆られていた。

エンタテインメントの要諦《ようてい》は、なんといってもラストシーンである。

自分の人生も、終わりよければすべてよしだ。

徐々に瞼の裏側に見える白が薄くなってきた。

最初は乳白色《にゅうはくしょく》に見えていた白が、どんどん薄くなって動き出していく。エリーは霧の中に入ってしまったような気がした。

視覚は失われたが、聴覚はかすかに残り嗅覚ははっきりしていた。

低く唸るような医療機器の音と、消毒液の匂いを感じていた。

ここは病室だろう。秘書の湯川が的確に指示をしていたなら、明石町《あかしちょう》の国際病院に運ばれているはずだ。

二十五年前、ここで夫と別れた。

夫とは同じ歳であった。

芸能界とは無縁のサラリーマンであった夫は、定年退職後、友人たちとのゴルフプレイ中、突如逝《い》った。急性心不全であった。享年六十八。エリーにとって、この世でたったひとりの味方だった人物である。

ふと夫の顔が浮かぶ。

坂本威一郎《いいちろう》。背が高く、彫りの深い顔の男だった。

出会ったのは一九四八年。

エリーが外務省で通訳とタイピストの仕事をしていた時期である。

威一郎の方はアメリカ大使館の臨時事務員だった。

肩書は『レクリエーション担当補佐官』。

日本人としては恐ろしく英語が堪能《たんのう》な若者だった。日本では品がいいとされるキングズイングリッシュだ。

それもそのはずだった。

威一郎の父は外務官僚で、坂本家は長らくロンドンに駐在していたのだ。しかも、坂本家は、旧華族の遠縁にもあたる、いわゆる戦前のエスタブリッシュな家柄であった。威一郎は横柄《おうへい》だが、品もある。憎めない性格はそんな環境で育ったからだ。

エリーもまた英語に精通していた。

ニューヨーク生まれなのだ。

旧姓は本宮《もとみや》、名は枝里子《えりこ》。生粋《きっすい》の日本人だ。

よく米国系日本人と勘違いされるのは、ビジネスネームをエリーとしたことと、ニューヨーク生まれであったために米国籍を取得していたからだ。威一郎と結婚するまではずっと米国籍で通していたので、あながち嘘ではない。

米国でも、エリーは『帰米二世』のジャンルに振り分けられていた。

帰米二世とは、本来移民として米国に渡った日本人の子息で、一度日本に帰国し、日本の教育を受け、文化を吸収し再び米国に戻った二世たちを指す。

駐在員の娘であったエリーは、移民第一世代の子息とは異なるのだが、生まれながらにして、米国籍を得た点では二世たちと似ている。

当時の一世たちは、まだ簡単に米国籍を得ることは出来ず、逆に米国で生まれたその子孫たちには簡単に米国籍が与えられるという矛盾《むじゅん》があった。出生証明がすべてに優先する米国らしい思考だ。

日本生まれである一世たちが、米国市民権を得るのは、移民法が改正された一九五二年のことである。

とにかく、生粋の日本人なのに米国籍を持っているということは、占領下はもとより、一九六〇年代までは大いに役立った。

エリーの父、本宮徳源《とくげん》は、当時日本セントラル銀行の国際為替部に勤務しており、海外支店を転々としていたが、エリーが生まれたのはちょうどニューヨーク駐在中だった。母、久子《ひさこ》との間に出来たひとり娘だった。誕生は一九二八年の七月のことである。

本宮家はマンハッタンのアパートメントで暮らしていた。イタリアの投資家やアラブの貿易商などが住む、インターナショナルなアパートメントだった。

エリーはアッパーイーストサイドにあるミドルスクールに通っていた。公立校だった。

一九四一年八月。太平洋戦争勃発《ぼっぱつ》の直前に一家で帰国した。

十三歳で初めて、母国の土を踏んだが、あまりの価値観の違いに呆然としたものだ。

私立の高等女学校へ転入したが、英語教師の発音にチェックを入れて以来、友達は出来なかった。父は海軍に徴兵され、終戦まで主計局で働いた。戦後は愛媛《えひめ》に移住し地元の大学で教鞭《きょうべん》をとった。

四五年、終戦とともにエリーは単身ニューヨークへ戻った。

ブロードウェイの劇場街に近いハイスクールに転入、一年後コネチカットのカレッジへ進んだ。

そして二十歳で再び日本に戻ってきた。

日本では英語屋が引っ張りだこだった。とにかく英語が喋れるだけで、インテリとして扱われたのだ。

エリーが出たのは、日本で言うところの短大であったが、アメリカの大学を卒業した才女として外務省の通訳の仕事が回ってきた。

当時の外務省の役人たちは、恐ろしく難解な英文が読めるのに、会話となるとまるでいけなかった。カタカナなのだ。

ヒアリング能力はさらにひどかった。英国人や欧州系の人たちが話す英語は、ある程度聞き取れても、米国人の英語はまったく解さなかった。

エリーには聞き慣れた発音であり、嬉々《きき》として通訳してやった。連合国軍司令部の指示は、結構、上から目線で閉口したのを覚えている。そんな自分も当時は米国籍であったのだが。

坂本威一郎もまた語学を武器にアメリカ大使館に職を得ていた。

威一郎は外務官僚の次男として、戦前のロンドンで育ったのだ。

ただし彼の方は日本国籍である。

お互い臨時雇いの非正規職員ではあるが、米国籍の外務省職員と日本国籍のアメリカ大使館員として出会ったのは奇遇だった。

運命の出会いというのは案外、そんなものだろうと、あのときは思ったものだ。のちにその運命が、実は操作されていたことに気づくのだが。

威一郎は、大使館でレクリエーションの担当補佐をしていた。主な仕事は当時東京や神奈川にあった米軍基地にバンドマンを手配することだった。

日本人のジャズバンドだ。その手配の方法を外務省に相談に来たわけだ。後の世に言うキャンプ回りバンドの手配である。

外務省の役人も面倒くさがったので、エリーが個人的に引き受けた。威一郎がハンサムだったからだ。

バンドを探すため、威一郎と一緒に銀座や新橋のキャバレーと大学のジャズ研究会を回った。新橋のマンモスキャバレーでブッキングオフィスがあることを知った。プロダクションというやつだ。アメリカで言うところのエージェンシーだが、日本ではプロダクションと呼ぶことを知った。口入れ屋なのに、まるで映画製作会社のようだ。

その中のひとつから、バンドを五組ほど世話をしてもらうことになった。キャバレーや歌謡ショーのバックバンドを専門に斡旋するプロダクションだ。

後にこれらのプロダクションは『ハコ屋』というジャンルに発展していく。歌手を育成するプロとは一線を画し、興行だけを手掛ける芸能プロということだ。

大学のジャズ研究会には、後の芸能界に革命をもたらす人材が多数いた。

――面白いひとたちばっかりだったわ。

白い霧の中に、当時出会った人々の顔が浮かぶ。

早稲田《わせだ》大学でベースを弾いていた一個上の大学生は、喜んでキャンプ回りを引き受けてくれたうえに、後に日本の芸能プロの近代化に尽力し、それまでの芸能イコール花柳界《かりゅう》のイメージを一変させた。

その早稲田のジャズバンドのマネジャーだったのが、私と同い年の女子大生だった。両親がハコ屋をやっていた関係で、米軍キャンプのブッキングにも乗り出してきた。のちにベーシストの彼と結婚して、一緒にプロダクションを興す。ロカビリーマダムと言われた、生涯のライバルだ。

芸能プロモーターとしては彼女の方が先輩であり、先に帝国と呼ばれたのも、あの夫婦が作り上げたプロダクションだ。いまはふたりの娘さんが継いでいる。

慶應《けいおう》でベースを弾いていた男も、早稲田のベーシストに負けていなかった。早稲田のベーシストよりも二つ年下だが、後にテレビ局に進み、アメリカナイズされた音楽バラエティをスタートさせたのだ。

双子の姉妹の司会によるこの番組は空前の視聴率を取った。

早稲田と慶應のふたりのベーシストが、その後のテレビ黎明《れいめい》期に新たな芸能界を作り上げていったわけだ。

バンド名は早稲田の『シックス・ジョーンズ』と慶應の『チャック・ワゴンボーイズ』だったと思う。

バンドマンではないが、すでに米軍キャンプへ入り込んでいた若者もいた。早稲田の法学部を出たばかりの内島隆司《うちじまたかし》。のちに海外アーティストの招聘《しょうへい》会社を興すプロモーターだ。

タカは、夫になる威一郎同様、洗練されて恰好《かっこう》の良い人だった。そんな戦後の米軍キャンプにまつわる人々の顔が浮かんだ。

死に直面すると、本当にさまざまなことがフラッシュバックするものだ。ドラマなどの演出は虚構ではなく事実だったのだ。

誰かに教えてやりたいけれど、どうも無理そうである。どんどん瞼が重くなり、呼吸の間隔も広がってきた。

――もう何も語ることは出来なそう。

そう思うと、残念な一方で、肩の荷が下りた気分でもある。

自分もこの直後、キャンプ回りバンドのブッキングに直接手を染めることになる。ところが、そこから喋ってはならない国家の機密をいくつも握ることになった。

――私が、本格的に芸能界に関わるのは、もう少し後のことだけど……。

その先の思い出に進もうとして、エリーは、強い睡魔に襲われた。コロナは本当にだるくて眠くなる。

思い出の旅は終わっていないので、もう一度、意識を取り戻したかった。

2

「すまんが、小島茜の、ラスベガス進出の件はきっぱり諦めてほしい。ここまでかかった経費の補償と違約金は約定《やくじょう》通りお支払いしますよ。紅林《くればやし》さんと組む最初のプロジェクトがこれでは、その顔に泥を塗ったようものだ」

シャドープロダクション代表取締役の藤堂景樹に、深々と頭を下げられた。実に堂々とした謝罪だ。

相手は芸能界の首領《ドン》と言われている人物だ。

低く出た方がよい。

「いや、本人が引退宣言をしたというのは、それなりの覚悟を持ってのことでしょう。ここは穏便に話をまとめましょう」

バーナードブラザーズ・ジャパンの最高経営責任者《CEO》・紅林勝久《かつひさ》は、穏やかに答えた。

就任して一年。これが藤堂との初のディールだった。

小島茜の突然の芸能界引退の発表が、本人の意思であるわけがない。何らかの理由があって、藤堂が引導《いんどう》を渡したのだろう。

もっとも考えられるのはクスリだ。発覚が迫っているのではないだろうか。ヤク抜きのための留学。よく使う手だ。

だが同時に、このプロジェクトは、最初から藤堂が仕組んだ囮《おとり》ビジネスだったのではないだろうかという疑念も、いよいよ深まった。

「さすが、四十五歳の若さでCEOの座に上りつめただけのことはありますな。肝《きも》が据わっている。本国にはどう伝えるつもりですか」

藤堂が偏光グラスの奥で眼を光らせた。独特の風格といえばいいのだろうか。ひと世代前の業界人特有の暴力的な匂いが、背中から陽炎《かげろう》のように立ち上っている。

虎ノ門の巨大ビルの三十五階にあるバーナードブラザーズの会長室だ。

「個々のアーティスト戦略は、現地法人に任されています。ニューヨークが興味を持っているのは期末の損益報告書《PL》だけですよ。まだ九か月あります。逆転しますよ」

紅林は、強気な口調で答えた。

「ジャッキー事務所さんから、色よい返事でもありましたか。だとすれば売り上げの見通しは」

藤堂が偏光グラスを外した。こめかみにわずかだが筋が浮かんでいた。やはり気になってしょうがないようだ。

「いや、エリー会長は、私どもとは組みたくないようで。なかなか新人を配給してくれません」

本当の話だ。藤堂がさらに眼を細めた。疑心暗鬼のようだ。

「おかしいですな。私らが聞いているところでは、ジョージ社長はバーナードブラザーズと組みたいと言っているようですが」

やはりこの男が、裏で糸を引いている。紅林はそう直感した。絶対にぶれることなく唯《ゆい》我独尊《がどくそん》のエリー坂本は、他の芸能事務所と共闘をするようなことは一切しなかった。芸能プロの協会にも、コンサート事業者の団体にも所属していない。音楽出版社の協会には加盟していても、理事にすらなろうともしなかった。

大げさな例えになるが、国連に参加したがらない大国と言える。エリー坂本は『みんなと一緒に』が大嫌いなのであろう。

ところが、そのエリー坂本が、代表権のない名誉会長に退いたのは、国会議員の平尾啓次郎と任俠《にんきょう》界の大物である金田潤造が、同時に事故死した直後である。紅林は、米国系レコード会社の日本法人CEOとして、何か因果を感じていた。

CIA絡みか？

多国籍企業であるバーナードグループは、CIAのカバー企業体のひとつとも言われている。日本の商社に内閣情報調査室や警視庁公安部の覆面捜査員が多数入っているのと同じことだ。

この会社の中にも、どれだけの工作員がいることか。

オランダ系の外資系レコード会社から転職して二年目になる紅林は、まだ完全には把握していない。そんなことよりも、かつて自分がいた会社の主力アーティストを引き抜き、弱体化させることの方が先決だった。

そのためには藤堂の腕力が必要だった。

エリー坂本が勇退したと見るや、案の定、シャドープロが動き出した。ジャッキー事務所のアイドルや元所属タレントたちに急接近を試みているのだ。

表だった引き抜きこそしていないが、これまでも藤堂は、ジャッキー事務所のアイドルたちに、裏で小遣いを渡したり、女を抱かせては手懐《てなず》けていたのだ。

そうやって徐々に、囲い込むやり方はヤクザと同じだ。いや、そもそもは戦前まではヤクザが仕切っていた業界なのだから当然だ。

息子のジョージ坂本は、もはや藤堂の掌中《しょうちゅう》にいるのではないか。いかに藤堂とはいえ、情報を手にするのが早すぎる。

「紅林さん、今夜あたり、ステーキでも行きませんか。せめてものお詫びの一席ですよ。

それに紅林さんとは、まだ会食もしていない」

藤堂が、視線を一旦窓外に向け、ゆっくりと、紅林に戻してきた。

紅林は、慎重に答えた。

「お気を遣わずに。早急にシャドープロさんと新しいプロジェクトを発足させましょう。ラスベガス進出計画は、なにも小島茜でなければ出来ないということではないでしょう」

やんわりと断った。

ビジネス上の失点《ロス》は、酒宴で玉虫色《たまむしいろ》の決着を付けず、新たなビジネスでカバーするのがバーナード流だ。

だが、この物言いにも紅林流の計算があった。

藤堂がいきなり立ち上がった。八十歳ながらも巨軀《きょく》である。

「おい若造。でかい口を叩くな。てめぇ、俺とは酒が飲めねぇというのか」

言いながら、革靴の爪先で応接セットのローテーブルの脚を蹴った。普通の革靴ではなさそうだった。

ついに、藤堂が本性を露《あらわ》にしたかと、紅林は胸底で苦笑いをした。

バーナードブラザーズ・ジャパンのCEOに収まった以上、一回は怒らせてみなくてはならない相手だった。

ひとは怒らせないと、なかなかその本性を見抜くことは出来ない。表面上の会話だけでは、本音がどこにあるのかわからないからだ。

それにしても、藤堂の振る舞いは芝居じみていると思った。

正直、紅林は、藤堂をさほど怖いとは思っていない。自分はそれ以上のカードを握っているからだ。だが、こちらも芝居を打つ。

「いやいや、そんなつもりはまったくありません。不快な思いをされたなら、謝ります」

と紅林は頭を下げた。

「すまない、俺も歳を取った。最近とみに気が短くなっていかんな。紅林さん、銀座のステーキハウスでよいかな」

藤堂は、こちらの腰が引けたと見て、手のひらを返してきた。ヤクザもマフィアも暴力を背景に交渉を進める人種の定番だ。

「結構です。どこへでも伺います」

「秘書さんに時間と場所は連絡する」

藤堂が片手を上げて、笑った。案外、シンプルな思考の持ち主のようだ。

「六時過ぎのスケジュールをすべてキャンセルして、お待ちしております」

紅林は、立ち上がり辞儀をした。藤堂が満足げに頷き、帰っていった。

さて、どう出てくる？

紅林は、まだ残っているコーヒーカップを持ったまま立ち上がった。窓辺に寄り、午後の日差しが差す眼下に見やった。新虎《しんとら》通りを車が行き交っている。かつてマッカーサー通りとの俗称があった通りだ。

占領下、バーナードブラザーズはすでに日本進出を決めていた。当時の合弁相手に日本のヤクザが作った芸能会社と組もうとしていたのだから、バーナードの企業体質も知れている。

バーナードは、そもそもリトルイタリーの葬儀屋だったわけで、それがイベント業の始まりだったとされている。兄弟四人の会社だった。

一九二〇年代、マフィアの抗争が激化する中、棺桶《かんおけ》は飛ぶように売れ、葬儀はひっきりなしにあった。イタリア移民であった四人のバーナードは、これで富を築き、ハリウッドに進出するのである。

その後は、娯楽産業にとどまらず、さまざまな分野に勢力を伸ばしている。マフィア、政界、軍、諜報機関のあらゆる部門とも密接にかかわり、現在はソフトビジネスの観点からの軍産複合体と見るべき多国籍企業である。

自分もその一端を担《にな》っている。紅林は、エリー坂本の世代が切り開いた日本の親米化のための印象操作工作が、いまなお続いていることを思った。

同じ日本人として、第一世代と一度組んでみたかった。そして、藤堂はその真逆に位置しているはずである。

3

「紅林さんにぜひ、紹介したい方がいるんだが、どうかね」

お互い百八十グラムのフィレを平らげ、ガーリックライスで締めたタイミングで藤堂がスマホを眺めながら、そう切り出してきた。

コックがデザートを用意するために、カウンターから下がったのを見計らったようでもある。

ここまでは、業界の噂話やラスベガス用のプロジェクトの立て直しについて、語り合いながら食事をしていた。

東銀座にあるステーキ店だ。

赤ワインはどれぐらい値の張るものなのか、所詮は雇われ経営者である紅林には想像もつかなかった。

本国から年に二度やってくるエンタテインメント貴族たちの接待に使うには、いいかも知れない。

　そんなことを考えながら、紅林は頷いた。

「藤堂さんが紹介したいという人を、僕が断れるはずがないじゃないですか」

「偶然、この店に来ているらしく、いまメールが入った」

　藤堂がわざとらしくスマホを掲げて見せる。

『偶然居合わせた』とは、ヤクザの常套《じようとう》句である。暴排条例施行以降、それと知って接触すると常習接触者とみなされる可能性があるので、会うときは、常に『偶然』という枕詞《まくらことば》をつけることになったのだ。

　芸能界と極道界と花柳界は、いわば親戚のような関係だ。もとは同じようなものである。

　紅林が、駆け出しのプロモーターだったころ、キャンペーンイベントを行った赤坂のホテルのバーで、本職に遠回しに恫喝《どうかつ》されたことがある。

　まだ、レコード会社のスタッフとヤクザが公然と飲んでいた時代だ。

『あんちゃんな。戦後、俺たちヤクザから堅気《かたぎ》が奪った職業がふたつあるんだ』

　いかついヤクザに肩を組まれて耳許でそう囁《ささや》かれ、面食らったものだ。光沢のあるスーツに般若《はんにゃ》の柄のネクタイ。当時は、ヤクザはヤクザらしい恰好《かっこう》をしていた。

『はぁ』

どう答えていいかわからなかった。

『ひとつは警備会社よ。これは、もともと俺たちが用心棒として生業《なりわい》にしていたんだ。もうひとつは、芸能。特に興行だよな。いまじゃ、やれテレビ局が主催だの、イベンターの仕切りだのって言いやがるが、あれも室町の昔から、俺たちの稼業のひとつだったのさ。縄を張って、こっちが舞台、そっちが客席って仕切っていたのは極道者よ。睨みが利くから、だれも演者に手出し出来なかった。わかるか、あんちゃん』

室町時代にまで遡《さかのぼ》って言うところが、ヤクザのヤクザたるゆえんだった。

『そうですか』

と紅林が頷いたところで、オチがつく。

『だからさ、俺たちは創業者利益ってやつをいただく権利があるんだ。今日、あんたの会社の仕切ったイベント。無事終了出来たわけだから、いくらか、分配してもらえるよな』

完全な恐喝《きょうかつ》だった。

紅林は、顔を横に振った。

『自分たちが行ったのは、興行ではありません。CDを発売するにあたっての、マスコミ向けの宣伝イベントです。手土産までつけて、よろしく宣伝をしてくださいと頭を下げたわけで、一銭も利益はない。ですので、分配するものはありません』

冷静に答えた。

『そうか。そういうことだったんかい。それじゃあ、分配云々《うんぬん》は言えねぇな。だが、宣伝だったら、俺らも手伝えるぜ。エンタメ新聞を出しているんだ。なあに心配するな。これは堅気の稼業よ。次から、動員をかけるときには、案内状でも送ってくれ。ほら』

ヤクザが名刺入れを出した。さまざまな業種の名刺が入っているようだ。太い指に唾を付けて、ようやく引き抜いた一枚を渡された。

【年刊・芸能界】。

月刊ではない、年刊とある。

紅林は名刺を受け取り、軽く会釈《えしやく》した。はいと返事はしなかった。

肯定も否定もしない。

それが、当時勤めていた、国内系レコード会社の先輩たちから教わった作法だった。

『あんちゃん、なかなか、いい根性している。出世するよ。邪魔したな』

極道は、紅林の肩を軽くたたき、バーから出て行った。ビールを一杯飲んだだけだった。

後から何らかの嫌がらせもなかった。

あの頃の芸能界の先輩たちは、極道との常習接触者であったと同時に、付き合い方のコツも心得ていたのだ。

『何も頼まれない。何も頼まない。けれど笑顔は絶やさない』

そういう付き合いが大切らしい。

すると極道もまた芸能界の後援者として、無言の影響力を行使してくれる時代だったという。二十年近く前のことだ。

「それは、奇遇ですね。ご紹介いただきましょう」

紅林は、藤堂の眼をしっかり見つめながら答えた。

「なら、デザートは別室に運んでもらおう」

藤堂が立ち上がり、通路の方へと向かった。静かなＢＧＭが流れている。モーツァルトだが、バーナードブラザーズが発売している音源だった。藤堂が手を回したことだろう。芸が細かい。

しばらくして、タキシードを着たマネジャーがやってきて、別室に案内されることになった。紅林は、ネクタイの結び目を正し、後に続いた。

オークウッドの重厚な扉が開かれ、室内に歩を進める。個室は四人用のカウンター席になっていた。

今しがたまで、他に客がいたのだろう。カウンターの向こう側で、コックが鉄板に付着した油を丁寧に拭きとっているところだった。

藤堂と並んでいるのは、焦げ茶の細身のスーツを着た男だった。案外、若い。自分と同じぐらいの年頃ではないだろうか。

――いまどきの経済ヤクザなのかも知れない。

が、紅林は、男の襟《えり》につけられたバッジを見て、即座に畏《かしこ》まった。極道の金バッジではない。金色の菊を赤紫色のビロードが包んだバッジだ。

――議員バッジ。

即座にそう連想した。男から漂う匂いも、暴力的なものではない。ただそれ以上に野心に満ちたオーラが発せられてくる。

「代議士の桐生勇人《きりゆうはやと》先生だ。芸能事業推進議員連盟の副幹事をなさっている」

藤堂が立ち上がって紹介する。桐生勇人も即座に立ち上がり、右肘を突き出してきた。このところ、握手代わりにすっかり定着した肘タッチだ。

「桐生です」

「初めまして、バーナードブラザーズの紅林です」

紅林も右肘を出して応えた。

「まぁ、まぁ、座って語らいましょう」

藤堂の音頭で、桐生を真ん中にして、左右に座ることになった。桐生の右手が藤堂で、左が紅林だ。すぐに、デザートセットが運ばれてきた。

ウエハース付きのバニラとベルギーチョコのダブルアイスクリーム。それにエスプレッソのダブルだ。

藤堂が、笑顔でアイスクリームにスプーンを走らせた。スイーツは好きらしい。強面《こわもて》には案外、甘味好きが多い。

「たったいままで、ここに佐竹さんがいました」

桐生が、日焼けした顔を破顔させ、エスプレッソを呷《あお》った。

「佐竹さん、て、佐竹重義《しげよし》前総理ですか？」

紅林はさすがに手にしたエスプレッソカップを落としそうになった。かつて週刊誌でこのステーキ店で、前総理がフランス大統領と会食していたグラフ記事を読んだことがある。

「いえ、英恵《はなえ》夫人の方です」

「あっ、そうなんですか」

何かと発言と行動が物議を醸《かも》した前総理夫人である。芸能人との派手な交際でも何度か話題になったとはいえセレブがいたことに変わりない。紅林は大げさに驚いてみせた。

「で、頼まれましてね。ジャッキー事務所の『ストーム7』のチケットって、取ることは出来ないでしょうか。八月八日のドームです。僕もね、芸推連《げいすいれん》の副幹事なのですが、どうもジャッキー事務所にだけは、縁がございませんで。大手レコード会社の方ならば、取れるのかと思いまして。どうでしょう、紅林さん、そちらでは当たれますか」

――無理だ。

紅林は胸底で唸った。

ジャッキー事務所は、縁故によるチケット販売を徹底的に排除しているのだ。もちろん、まだ動員数の少ない新人、中堅クラスであれば、一定の配慮はする。だがトップクラスの『ストーム7』や『ギャング・キッズ』は百パーセント不可能だ。

なんといっても総数三百万人いると言われる、ジャッキーファミリークラブの会員が最優先なのだ。

何年も高い会費を支払い続けても、なかなかメインアイドルのチケットには当たらないという会員も多く存在し、ネットに不満の書き込みが溢れ出ているのだ。

ジャッキー事務所のやり方は、アイドルごとの単独ファンクラブではなく、ジャッキーファミリークラブの会員になることで、さまざまなアイドルのチケットを申し込む資格を得ることになっているが、一説によると、新人、中堅のアイドルのチケットを多く購入した者に、トップアイドルのチケットが割り当てられる仕組みになっているという。

事実は不明だ。

いずれにしても、そのストーム7のメンバーですら、ひとり二枚までしか優先権がないという噂まである。こっちの方は事実らしい。

それだけ、エリー坂本が生み出したシステムは厳格であり、どこの団体にも属していないというのも、しがらみを一切持ちたくないという、スタンスからであろう。

おそらく、ジャッキー事務所の広報担当や有力アイドルのマネジャーまでを手懐《てなず》けている藤堂でも入手が出来ないのだ。

藤堂は自分でもどうにもならないチケットを、あえて紅林に振ってきたことになる。

──無理だ。

紅林は、もう一度胸の中でその言葉を反芻《はんすう》した。

「当社には、ジャッキー事務所のアイドルが所属していないので、どこから手をつけてよいかわかりません。難しいかと思います」

コンサートやイベントのチケットの安請け合いほど、怖いものはない。枚数が限られ、日程も決まっているのだから、代替えが利かない。金の方がよほど、どうにかなるということだ。

紅林は、深みにはまらないうちに断りを入れた。

「やはり難しいですか。困ったな」

桐生は大げさに手を広げて見せた。

「紅林さん。あなたは、コンサート運営会社の『ドゥーユー東京』に顔が利きますよね」

藤堂が割って入ってきた。

ドゥーユー東京は、国内最大のネットワークを持つコンサート運営会社であり、外国人アーティストの招聘《しょうへい》では最も実績のある会社だ。『呼び屋』と蔑視《べっし》されていたプロモーター業を、立派な国際文化事業へと成長させた企業としてもつとに有名である。一九五三年の創業だ。

「はい。当社は、洋楽部門においては、世界三大レーベルのひとつですから、当然、ドゥーユーさんとのお付き合いも深いです。田所《たどころ》社長からは常に叱咤《しった》激励されていますが」

レコード会社とイベンターの関係は、洋楽部門においても決して対等ではない。本国のワールドワイド契約の一環として、自動的に日本国内に販売権、配信権を持つレコード会社とアーティストと直接契約してくるイベンターとは、その密度も信頼度も格段の差があるからだ。

アーティストの信任を取り付けているイベンターは来日に合わせ、たとえ新作がなくても、過去作の再発売や、それに伴う広告宣伝の拡大を求めてくるのだ。レコード会社としては、売り上げとまったく比例しない、来日コンサートをサポートするだけのテレビスポットの協賛や、単独のネット広告などを求められる。

それが叱咤激励だ。

反面、売れていないチケットを、所属レコード会社として大量に購入し、マスコミに無料配布したりすることもあるので、まったく弱い立場でもない。

刹那《せつな》的な判断をしなければならないイベンターと、所属している限り、いつブレイクするかわからないという中長期戦略に立てるレコード会社との違いである。

ドゥーユー東京は、一九七〇年代半ばから、国内アーティストのコンサート運営も行いはじめ、ジャッキー事務所も現在はすべてのアイドルをドゥーユー東京に任せている。

「その田所さんとか、ドゥーユー東京の内側の人間からチケットの横流しをしてもらうってわけにはいかんかね。何と言っても発券するのは彼らだろう」

アイスクリームをペロリと食べ終えた藤堂が、そう言った。

——渋いところに目を付けてきた。

紅林は、素直に感心した。

「横流しは、難しいと思いますが、田所社長に、打診してみましょう。桐生先生、仮に可能だったとしたら何枚ほど必要ですか」

紅林は訊いた。溶けだしたアイスクリームが気になったが、口に運びながら話すわけにもいくまい。

「百枚。それだけでいいです。代金は藤堂さん経由で即金でお支払いいたします」

桐生が、あっけらかんと言った。

百枚だ。ありえない。これはヤクザの交渉と同じだ。最初はハードルを高い位置に置いてくる。

「難しいですね。僕がお願い出来るのは、せいぜい五枚。頑張って十枚ですね」

紅林は即答した。

芸能界は、常に交換取引《バーター》の世界だ。こちらがお願い出来ることは、相手の要求を聞ける範囲までということになる。紅林が現在、田所に持っているアドバンテージは、来月来日予定の新人クラブバンド『イビザ』のライブハウス公演への賛助金くらいだ。百万円払うことにしている。フライヤーに社名を掲載するだけの援助金だ。

その見返りに頼める枚数と言えば、十枚が限度だ。田所でもやりくりに腐心するチケットに違いない。

「えぇえぇえぇえっ」

と大げさに藤堂がのけぞり、すぐに続けた。

「紅林さん、それじゃ、ガキの使いだ。国会議員の先生が、前総理の夫人のリクエストに応えようと、こうして頼んでいるんだ。夫人の顔ってもんもあるだろう。選挙区の有力者に頼まれてとか、さ」

夫人は口実だろうと、薄々気が付いてきた。藤堂と桐生が欲しいのだ。

「申し訳ありません。私には力がありません」

こう答えてしまうのが一番だった。

芸能界、見栄っ張りほど泥沼にはまる。

「いや、紅林社長、十枚、いや五枚でも結構です。頼んでいただけるのならば、感謝です。アリーナかボックス席を」

国会議員の桐生勇人が深々と頭を下げてきた。

「やるだけやってみます」

紅林はすぐに席を立ち、通路からドゥーユー東京の社長、田所政宗《まさむね》に電話した。田所は苦笑した。五十歳。二年前に社長に就任したばかりだ。

「バーナード経由で『ストーム7』のチケットとは、驚きだね。シャドープロかな?」

田所は、一発で見抜いてきた。

「そんなところです」

「こっちも頼みごとがある。イビザだけど、全然売れていない。それでも、ニューヨークのエージェントはホテルのランクを下げることは、契約違反だと言うし、リムジンまで要求してきやがった。まいったね。まるで、オリンピック貴族のような口ぶりだ。こっちとしては、ポールとリンゴの再結成バンドの来日がどうしても欲しいし、足元を見られっぱなしだ。このままだとうちは大赤字だよ。紅林ちゃん、リムジンの費用五十万、見てくれないかな」

足元を見ているのはどっちだ、と言いたいが、ここは許容範囲と見た。

「承知しました。請求書を回してください」

「ありがとう。『ストーム7』十枚だね。どうにか回そう。たぶん、ボックス席ならどうにかなるだろう。個室付きで格式はあるが、ファンにとってはただの三階席だ。アリーナはまず無理だよ。とにかく席がないんだ」

「ボックス席で結構です」

「了解。ということは、紙チケだな。明日、発券して御社に届けさせよう。リムジン代と合わせて請求書を回すよ。その方がそっちとしても都合がいいだろう」

「助かります」

とりあえず話はまとまったということだ。

「それと老婆心《ろうばしん》で言うが、紅林ちゃん、藤堂さんは、いま政界と癒着《ゆちゃく》して、いろいろと画策しているが、関わらない方がいい。解散総選挙まじかで衆議院議員は焦っている。美味しい餌《えさ》をバラ撒《ま》いて何とか選挙資金を捻出しようとしているからな。藤堂さんもタヌキだが、政治家はキツネばかりだ。何を企んでくるかわからない」

「ご助言、しかと胸に刻んでおきます」

紅林は礼を言い、電話を切った。

「ボックス席、五枚、押さえました。バックヤードのスイートルーム付きです。これが僕の限界ですね」

紅林は十枚とは言わなかった。ここは、薄切りで出す場面だ。藤堂からさらなる依頼がくることは確実だからだ。

「いや、ホントに助かった。感謝です」

桐生は安堵の色を浮かべた。

「さすが紅林社長、たいしたもんだ」

藤堂が、ナプキンで口の周りを拭きながら言った。

「ところで紅林さん、御礼と言っては何ですが、私は、いま中国とのパイプがあります」

改まった口調で、桐生が胸ポケットから封書を取り出した。中から企画書のようなＡ４サイズのプリントを取り出している。

「中国と？」

紅林は、顎《あご》を撫でた。

「はい。上海《シャンハイ》の映画会社から日中合作の話が、芸推連へ入ってきましてね。リー・マイン監督がメガホンを取ります」

すわ、協賛金かと紅林は身構えた。

「映画のことは、同じバーナードブラザーズでもフィルムズの方が担当です。私のほうはミュージックで、音楽専門で」

紅林は説明した。

日本国内にバーナードブラザーズ・フィルムズとバーナードブラザーズ・ミュージックの二社があるのだ。まったく別な会社である。本国でもはっきり資本も組織も分かれている。フィルムズの方が圧倒的に権力が大きいのは当然だ。バーナードグループの最初の事業体だからだ。

「ええ、音楽の話なんですよ。映画は上海電視台《でんしだい》がすべて撮り、全世界へ配給します。日本では、日宝《にっぽう》シネマズが受けることになっています。紅林さんにお話ししたいのは、この映画の主題歌に日本のアーティストを使いたいということです。条件はまったくの新人ということです。一発で全世界規模のデビューになります」

企画書は英語だった。紅林には充分理解出来た。映画は、スパイアクションストーリー。役者名は伏せられているが、規模が相当大きいことはわかる。舞台は上海、香港《ホンコン》、ニューヨーク。ダブルスパイ同士の暗闘で、ノワール映画としてかなり期待出来そうだ。

「なぁ、紅林社長。ラスベガスがボツになったぶん、上海がころがりこんできたってことだ。小島茜の代わりは、明日にでも用意する。一緒にこのプロジェクトに乗ろう。世界のバーナードと上海映画のミックスなんて、これはでかいでしょう」

藤堂が唇を舐めながら言っている。どうやら、ふたりの真の目的はこっちだったようだ。

だが、これは確かに美味しい。

日本国内において、ミュージックがフィルムズを出し抜く千載一遇《せんざいいちぐう》のチャンスのように思えた。成功した場合、統括ＣＥＯになれる可能性もある。

「詰めましょう」

紅林は少し酔っていた。
さっきのドゥーユー東京の田所からのアドバイスはすっかり忘れてしまっていた。

第五章　抹殺のハーモニー

1

「あうっ」

また尻穴に挿入された。いつもと同じ暗闇の中で、バックからだ。

グサッとくる。その前に、穴にちょろちょろとブランデーを注がれていた。

谷村香織は、歯を食いしばって耐えた。哀しいことに耐えているのは、苦痛にではなく快感にである。

激痛でしかなかったはずの尻穴への挿入が、何度も繰り返されているうちに、徐々に快感に変わってきたのだ。

もとより香織は、酔っていた。尻穴への男根《だんこん》挿入には、必ずアルコールが添えられるのだ。

下の口から、直接腸に送り込まれるアルコールは、とんでもなく効く。

初日は、アルコール度数の低いシャンパンだったにも拘《かか》わらず、すぐに嘔吐《おうと》した。胃袋が噴射した感じだった。

だが、いまはこの強い酩酊《めいてい》感が、心地よくなってきている。

そもそも女の快楽器官よりも遥《はる》かに硬い後ろの穴だが、酒を注ぎこむことで、どんどん柔らかくなり、男根に馴染《なじ》んでいく。

男の目的は、あくまで香織をアルコール中毒者に仕立てることらしく、男根で抉《えぐ》っているのも性的嗜好《しこう》ではなく、単に穴を拡張するためらしかった。

初日以外、特に、香織が探索していたことは、質問されなかった。

多少のことでは、口を割らないと、悟ったようだ。

男は硬い肉を男根で丹念にほぐしながら、肉路を広げては、次第にアルコール度数の高い酒に替えてきた。

シャンパンからワインに替わり、いまはブランデーを注がれていた。

日が経つにつれ、自分がアルコールに慣らされているのがわかった。すでに依存も始まっている。

一日中、アルコールを注ぎこまれないと、逆に情緒不安定になる日もあった。きっとこれがピークに達したときに、一気に尋問してくるのだろう。

それがはっきりしているだけに、辛《つら》かった。

実は、もう限界だった。

男たちが去り、長い間放置されていると、体中が干からびていくようで、全身が痒《かゆ》くなる。

同時に、尻穴と、女の秘孔《ひこう》の双方が疼《うず》いた。そんな風に調教されてしまったのだ。

ここに囚《とら》われて、幾日も経っていないはずだが、香織としては、すでに一年以上も経っているような気になったりもした。

こうして酒に溺れ、男たちに尻を預けているのが不快ではなく、とても居心地の良い日々に変わろうとしているのだ。

負けそうだ。

扉の開く音がした。

「ドンズヌギ、エベサ。ナモ、ケッパレジャ。モット、モット、イグナルハンデナ」

背後でいつものように意味不明の言葉が飛んだ。

尻にピストンを打っている男ではない。違う言語を使う誰かが必ずやってくるのだ。

その言語を使う男は、香織がやられている間に、必ず一度はやってくる。状況を覗きに来ているという感じだ。

言語は朝鮮語のイントネーションに似ているが、ハングルの単語は一度も出てきていない。次第に、これは日本語ではないかという気がしてきた。

強い訛《なま》りの日本語だ。

たったいま聞こえた言葉でも『モット、モット』は普通の日本語ではないか。だがその前後はまったく解せない。

ケッパレジャとは？

イグナルハンデナとは？

その言葉が、果たしてピストンをしている男に向けられているのか、自分に向けられているのかも微妙だ。

香織の習った暗号解析では、通用しない言語であった。と、いきなり、いつもより多めのブランデーが男根の隙間から流れ込んできた。

「はうっ」

呻《うめ》き、自ら尻を前後させた。腸にブランデーが逆流し、一気に全身が燃えるように火照《ほて》った。脳にも衝撃が走る。中枢神経に火の手が回ったような感じだ。

「ソロソロ、ヘルンデネガ。ナ、ヘラセデミロジャ」

背後の男が一歩近づいてきたようだ。ソロソロは日本語のようだ。が、ヘルンデネガはわからない。

ドイツ語か？

いいや、どこかが違う。

必死にその言語の意味を探ろうとしたが、脳を使うほどに、酔いがぐるぐる回ってきた。

尻たぼに熱を感じた。ちりちりと焼けるような感触だ。その熱が、徐々に肉を繋げた部分に当たる。レーザーポインターのようなもので照らされている感じだ。

指でなぞっているように熱が動く。尻の次に女の秘裂《ひれつ》を上下した。肉突起と膣孔を行き来している。

「ドンズノヘッペ、デネグサ、マンジュサ、サシタライガベ。セバ、ヘルンデネガ？」

男の声がした。この男が照らしているようだ。

「ううぅう」

香織は枕に押しつけていた顔を、わずかに背後に向けた。一条の光が香織の臀部《でんぶ》の中心を捉えていた。ペンライトのようなものに思えた。

光のおかげで、尻に刺さった一物を見た。脳内で妄想していたよりもはるかに巨大な、まるですりこぎ棒のような肉棹だった。そいつが、臀部の中央で、出没運動をしている。

「はぁんっ」

一物に見惚《みと》れた。

酔いが、さらに深くなる。

と、するりと抜かれた。

「あぁあっ」

香織は、せつない声をあげた。喪失感に総身《そうみ》が襲われる。

男は、コンドームを替えていた。まるでアイドルの早替えのように、素早く新たなゴムを装着している。その上に、スプレーを吹きかけた。赤い霧が舞い、きつい臭気が漂う。

今度は何を塗った？

不気味すぎる。

だが、酔っているので、抵抗する気にもなれなかった。

男に身体をひっくり返され、正常位の恰好になった。ここに監禁されてからは、ずっとバックでばかり責められていたので正面を向くのは初めてだ。けれども部屋は闇には違いないので、相手の顔は、はっきりとは見えない。スキンヘッドのようにも見える。その背後にいる男は、まったく見えない。呼吸のようなものが聞こえてくるだけだ。

「あらためて訊くが、武藤勝昭の住所や個人情報を調べろと言ったのは、誰だ？」

普通の日本語を話す男が、割れ目に、肉槍を擦りつけてきた。今度はまともに、女の秘孔に挿し込んでくる気のようだ。

なんとなく物足りなく感じられるのは、すでに、この男たちの策略に嵌《は》まっているからだろうか。亀頭の裏側を強く擦りつけられた花芯が、ヒリついた。

――何を塗った？　媚薬《びやく》か？

「ですから、誰からも頼まれていないと言いましたよね。何をされても、それは本当なのですから、答えようがないです」

後ろの御門に、ブランデーと一緒にぶち込まれているのだ。もはや、女の正面口に挿入されるぐらい、なんとも思わない。疼いているというのが正直なところで、むしろ望むところだ。

「後悔するぞ。いま、正直に答えたら、気持ちよくさせてやるのだがな」

男が、ぐっと亀頭を押してきた。秘孔が割れ広がった。

「あぁ」

こっちも気持ちよさそうな気がした。香織は顎を横に振り続けた。

「くらえ！」

男が、肉槍を、ぐぐぐっ、と挿しこんできた。巨根だ。だが、尻で受け入れていたときよりも、スムーズに入ってくる。やはり、本来、男根を受け入れるべきための器官なので、柔軟性があるのだろうか。新鮮さでは、後ろにかなわないのだが。

「いいっ」

第一印象は、そうだった。男は、強弱と捻《ひね》りをつけてピストンをしてきた。少しヒリヒリするが、柔らかい膣壁が抉《えぐ》られて、気持ちいい。

刺激物を塗ったのだろうが、自分にはそれなりにマッチしているのではないか。今度は、後ろを責め立てられているときは、ずいぶんと前の穴が恋しかったけれど、後ろがムズムズするから、人間の性欲は本当に不思議だ。もっとも、そんなことを考えたことなどなかったのだけれど。

恥ずかしいが、この数日で、すっかりスケベな女に仕立てられてしまったようだ。

膣に異変が起こったのは、二十秒ぐらい抜き差しされてからだ。

「あぁあああああああっ、熱い、痛いわ、痛い！　抜いて、抜いて！」

香織は喚《わめ》いた。

尻にアルコールを流したときは、それでもまだ手加減を感じた。少しずつ流入させ、硬い肉を慣らしていくという手順を踏んでいたような気がする。果たしてそれが、人としての配慮なのか、彼らなりの計算だったのかはわからないが。

けれども、いまは違った。

激辛の韓国料理を知らずに食べて、数分後に、舌と喉と脳が爆発してしまったときに似ている。

「いやっ。もうダメ、許してください！」

マンの壺《つぼ》が炎に包まれ、ぼうぼうと燃えているようだ。

「ハバネロのスプレーを吹きかけている。ケツの穴と違ってまんじゅうの穴は、薄皮だからな。いまにケロイド状に爛《ただ》れるだろうよ。使い物にならなくなるさ」

そう言うと男は不敵な笑い声を立てた。唐辛子で膣が爛れるのかどうかはわからない。

たとえそうなっても再生医療は進んでいるから治せる。

けれど、それ以上に、トラウマになって、セックスが出来なくなってしまいそうだ。

それはいやだ。理由なくいやだ。

「あっ、痛い、燃える」

燃えるの意味が違う。発情ではなく、炎症だ。

「なら、言えよ。誰が当たれと言った！」

男が再び榑の胴体にスプレーをかけた。自分はコンドームで覆っているので被害はないということだ。

「はうぅううううう」

ガツンと脳に衝撃が走る。

「ヘバ、ドンズサモ……」

もうひとりの意味不明の言語を使う男も一歩踏み出してきた。ペンライトで香織の秘所を照らしながら、もう一方の手に、ウォッカのボトルをぶら提げている。微かにふたりの顔が赤いペンライトの煌《きらめ》きの中に垣間見られた。

どちらもスキンヘッドだったが、黒のマスクをかけているので、正体は摑めない。

「うっ」

後ろの門にウォッカのボトルネックが差し込まれた。前はハバネロスプレーを塗った男根に抜き差しされている。

香織はパニックを起こした。急性アルコール中毒と、膣襞糜爛《ちつひだびらん》が同時に襲ってくる。股の間が崩壊してしまいそうだ。

「潮と糞と一緒に噴《ふ》かせてやる」

ふたりの男が、男根とボトルネックの抽送を同時に始めた。

「いや、あっ、言っても信じてくれないでしょう。あっ、はふっ」

膣が燃えて、腸が冷たくなった。

潮と脱糞の他に吐瀉も起こしそうだ。

「出てくる名前によるさ。本当ならわかる」

男がいったん腰の動きを止めた。止められても、ヒリヒリすることに変わりはない。むしろ掻き毟《むし》られていないために、火照りは強くなる。

「いや、絶対に信じてもらえないもの。それ以上に、あなた、怒るわ」

大岡忠介と言って誰が信じる。越前守《えちぜんのかみ》とでも付け加えればいいか。当時の教官のダジャレに過ぎないだろう。あくまでも警察内部だけの符牒だ。実際に来た奴の本名なんか知らない。

「ヘテミロ！」

尻からウォッカを注入している男が叫んだ。

ヘテミロは、言ってみろという意味らしい。やはり日本語だ。

では、ドンズはなんだ？　ひょっとして……。

「あっ、ドンズ！　うわっ」

言ってみた。

「ドンズ、エエガ? ドンズ、ノ、ホウガ、エエノガ?」

その言葉を発している方の男が、ウォッカのボトルネックを突き動かしてきた。

ドンズは尻だ。どこの方言だ?

考えている余裕はないが、少しでも気を逸《そ》らしたい。そうしなければ、吐く。

「この女、まだ効いていねぇようだな。佐助《さすけ》、尻から溢れているウォッカに火を付けろ。もう時間もねぇし、めんどくせぇ。死んだらそれまでよ」

ハバネロ・ペニスを突っ込んでいる男が、方言男に言った。佐助が火のついたオイルライターを翳《かざ》した。

「いや、その死に方は絶対いや」

言ったとたんに、吐き気を催《もよお》した。胃からウォッカの臭いがした液体が噴きあがってくる。

「あふっ、ぐふっ」

自分の眼が大きく見開かれるのがわかる。

だが、もはや焦点は定まっていない。口から、液体を噴き上げ続けた。さすがに男はセックスをやめた。膣がヒリヒリしている。熱く火傷《やけど》のように痛むのは、膣袋の中だけなのに、身体全体が焼かれているようだった。

「誰に命令された！」

男がホースをぶら提げていた。ガソリンホースのようなノズルがついている。

この上、ガソリンで焼かれるのか。

「大岡忠介。私が聞かされた名前はそれよ。なぜ、そんな名前なのかなんて知らないわよ」

香織は喚いた。ゲボゲボとウォッカを吐き出しながら、必死で訴えた。

生きた心地がしなかった。

「始末するなら、刺すなり、撃つなりしてちょうだい。火あぶりと生き埋めだけは許して。この世の最後のお願い」

鼻水を垂らしながら、懇願した。失禁《しっきん》もしていた。神経のすべてがズタズタになっていた。どれほど覚悟をしていても、死はやはり恐ろしい。

「大岡忠介か」

ホースを持った男が納得するように言った。すると方言男が、ライターの火を吹き消した。意外な反応だった。

「武藤勝昭の他には誰を探せと？」

「矢崎孝弘と野津正幸。矢崎はわかったけれど野津は発見出来なかった。いずれにせよ、大岡忠介に報《しら》せる前に、拉致られたけどね」

どうにか言葉にした。それでも苦しくて、じっとしていられなかった。両手を後ろで縛られているので、腹を摩《さす》ることも出来ない。

「わかった。あんたの正体もな」

男が棹を仕舞い、代わりにホースのノズルを膣に挿入してきた。ガソリン注入のようだ。

死ぬんだ。

いよいよそう思った。

「まだだよ。死ぬ舞台は、俺らが作ってやる。ひとりじゃ、死なせないさ」

ノズルから水が噴射された。冷水だ。それもジェットの勢い。

「ぐわっ」

香織は白目を剝いた。ジェット噴射による膣洗浄だ。真っ赤だったハバネロが、かなり薄まって、逆噴してくる。

ハバネロで熱した後に冷水って……。

――膣に対して、無礼すぎないか。

香織は、そのまま気を失った。もう少し生きながらえられる、という安堵感からか強烈な睡魔に襲われたようだ。

2

果たして、どれぐらい眠ったのだろう。香織は、瞼《まぶた》を開けた。

眩《まぶ》しかった。

まるで十年ぶりに見るような、ふつうにライトが灯された部屋だった。しかも、バスローブを着せられ、手の縛《いまし》めも解かれていた。

ただし、窓にはやはり板で目張《めば》りがしてあった。

エアコンなどもない。その割には、室内の温度はさほど高くなく、湿度も感じられなかった。

広さは小学校の教室ぐらいだ。コンクリートの上に、一定の間隔で畳が一畳ずつ、並べられていた。ベッド代わりにも見える。

大昔の牢獄？

それとも野戦病院？

そんな光景だった。

深く、深く眠ったようで、頭は晴れやかだった。悪夢のような性的拷問の末に、気絶してしまったのに、苦しかった記憶があまりないのは、気絶した直後に麻酔を打たれたのだろう。

香織は両腕を見た。

案の定、右手首に脱脂綿付き絆創膏《ばんそうこう》が貼ってあった。

中程度の睡眠導入剤でも、静脈から直接打たれたら記憶は飛ぶ。そしておそらく栄養剤の点滴とともに、丸一日程度、適量を打ち続けられたようだ。

そのぐらいの麻酔薬知識は、府中で学んでいた。敵もまた、そのぐらいの知識を持っているようである。

専任の医師や看護師、薬剤師が組織の中にいると考えられた。

過激宗教集団か？

宗教的マインドコントロールによって、それらの専門職の人々が信者になっているケースはままある。公安の対象として、近年では、他国の工作機関と同等の対象となっている。

香織は首を回しながら、窓辺に近づいた。厚い合板が釘で打ちつけられているが、わずかな隙間があった。

覗くと窓は摺りガラスだった。外側から鉄格子が嵌《は》められている。

——やはり元は監獄であったのか。

窓からは潮の香りとともに冷気が感じられた。湿気はあまり感じられない。夏の盛りの七月の終わり頃だというのにだ。

北朝鮮か？

そんな思いに駆られた。連れてこられてしまった？　あのときいたもうひとりの男の独特の訛《なま》りは、朝鮮語のイントネーションに似ていた。

眠っている間に船で運ばれたのかも知れない。

香織は途方にくれた。

再教育され、日本や韓国に二重スパイとして放たれるのかも知れない。あるいは、スパイの教育係だ。

その国の光景が、見てみたかった。

香織は隙間に手首を差し入れ、腕を伸ばそうとした。窓のロックは、簡単な三日月形のクレセント錠だけのようだ。発条《ばね》を引き起こすだけでいい。

脱走する気などさらさらない。現状把握をしたいだけだ。

ぐっと伸ばした。

その瞬間、天井から声がした。

「谷村香織。妙な真似をするんじゃないよ」

自分の尻と膣に男根を差し込んだ男の声だった。ドスの利いた声だ。見上げると、四角い蛍光灯の縁がスピーカーになっていた。

「逃げようなんて思っていないわ。外の空気を吸いたかっただけよ」

それも本音だ。潮の香りこそ嗅いでいたが、何日もの間、外気に触れていない。そのストレスがあった。

ちょっと前まで、死を覚悟していたのに、生きながらえられると思った瞬間から、次の欲が顔を出す。ひとは誰しもそんなものではないか。

「逃がさんが、希望を持ってもらっても困る。寝すぎて、体力があり余っているようだな。右から五番目の畳の上に仰向けに寝て、オナニーしろ。昇天するまで真剣にやれ！　やらんと、尻に今度はテキーラをぶち込むぞ」

男の声は冷静だった。

香織は目で畳の位置を探した。三個並んだ蛍光灯の中央、その真下だった。

「や、やります。わかりました。ちゃんとオナニーします。ですから、お尻にテキーラは入れないでください」

自分は、あなたに対して従順であるという意思表示をすることが、何よりも大切と考えた。女優から公安工作員に転職したまではよかったが、まさか性奴隷に転落するとは思わなかった。

「おう、十人ぐらいで見ている」

男の声が返ってきた。

屈辱だが、生き延びることが、先決だ。生きてさえいれば、救出される可能性もある。

香織は、唇をきつく結び、進んだ。

中央の畳に上がり、尻を付けて座った。だが、いざ開脚しようとすると太腿から膝にかけて、ぶるぶると震えてきた。止まらない。

「アソコを天井のカメラに向けて、本気で指を這わせろ。本気かどうかは我々が判断する。一度きりの絶頂で許されると思わない方がいい。気絶するか、腰が抜けるまで、やるんだ。気絶をしたら、本気だと信じてやる」

スピーカーから、男の声が降ってくる。

──腰が抜けるまで……って。

そこまで、ひとりでやったことがない……。香織は普通にそう思った。

いつも、そんなになる女はいるんだろうか？

どうにも、変態じみた性行為を強要してくる男だ。好き勝手にやられた方がよほどましだ。

心の葛藤《かっとう》をかかえながら、もじもじと股を開いた。M字開脚だ。

そっと股の間に右手を這わせた。どうしたわけか、濡れている。

——恥ずかしい。

ぽっと全身が桃色に染まった。無理やり尻を犯されたときよりも、こっぱずかしい。

「おいっ、谷村香織！ 陰毛しかみえねぇぜ。本気でやる気あんのかよ」

男の声がヒステリックに吠えている。閉じ込められている部屋の扉のあたりに、いくつもの足音が重なりあって接近してくる音が聞こえた。

「すみません、すぐに、アソコを上に向けます」

なんてことを言っているのだろうと、自分に呆れてしまいながらも、香織は股間を大きく開き、女の平べったい股底を、天井へと向けた。赤ん坊が介抱されるような恰好だ。

「なぜ、閉じている」

「えっ？」

「花びらが見えないじゃないか」

「はい、これでいいですか」

スピーカから男の指示がどんどん降ってきて、それに翻弄《ほんろう》されながら、香織は肉襞をくわっと開いた。双葉がぬるりと溢れ出た。

「なんだ、びしょ濡れじゃないか。おいっ、茜、見てみろよ。この女、照れているけど、オナニー命令だけで、発情しちまっている。お前なんかより、よっぽど純で、しかもスケべだ。いまからでも、こいつを売り出そうかね、ワールドワイドでね。もう純情は古いんだよ」

男が誰かに言っているようだ。

茜？　誰だそれは？

「私、純情系、いやでたまらなかったんですよ。本当は、もっとエロいダンスとか踊りたかったです。ロングスカートとかも、野暮ったくて嫌でしたし、私、Kポップの人たちみたいに、ギリギリカットのショーパンはいて、思い切りお尻振って踊りたかったんですけどね。もう無理ですか？」

女の声が聞こえてきた。

香織はさらに身を固くした。男だけではなく、女にも自分の指の動きや、アソコの具合を覗かれるとなると、眩暈《めまい》を起こしそうな気分になる。

というか、この女は何者だ？　純情系？　Kポップ？　さっぱりわからない。

「いいから、茜は見ていろ。香織やれよ。腰抜かせ」

茜？

「は、あっ、はい」

急《せ》き立てられるように、指をクリトリスに伸ばした。くにゃくにゃしている包皮《ほうひ》を剝き、こんな状況なのに、破裂しそうなほどに膨張している肉芽を弄《いじ》った。

「あふっ、んんんっ」

恐怖心以外に自慰《じい》をする動機がないので、物理的な快感だけが押し寄せてきた。自分自身が発情するイメージを持っていないせいだ。

それでも肉芽を摘まんだり、押し潰《つぶ》したりしていると、鋭角的な刺激に足を突っ張ってしまう。

「うわっ」

額に汗が浮かび始める。

何かをイメージしなければと焦った。焦るほどに、脳内に映像を浮かべている余裕はなくなってしまう。

ごく稀に自慰をするときは、好きな男に、自分がやられたい手順で責められているイメージで、その部分に指を這わせる。最初から、クリトリスということはあり得ないのだ。

　まずキスをするシーンからだ。舌をたっぷり絡み合わせることを妄想して、指を舐めたりするのだ。そんなことを思い出している自分が、おぞましいのだが。

「あふっ」

　次はだいたいバストを揉むのが普通だ。格別巨乳というわけではないが、揉んでもらうのは好きだ。だから、ひとりでやるときも自分で揉む。じわじわと下乳から揉んで、唾を付けて乳暈《にゅううん》をなぞり、最終的に乳首をぎゅっと摘まむ。

　それで、股間がじっとり潤むのだ。

　けれども、いまはそんな悠長なやり方をしていたら、手を抜いているように見えるのではないか。男たちに時間を稼いでいるように思われはしないだろうか。

　そう思うと、とにかく肉芽を擦っている手をとめるわけにはいかないのだ。

「あっ、くわっ、んんっ」

　直線的な刺激が、ガツンガツンと脳を打ってくる。条件反射的に、とろ蜜が溢れ出てくる。

「はふっ。あぁあんっ」

　秘孔に人差し指を入れた。ぬぽぬぽと、温かい泥濘《ぬかるみ》に指が嵌まっていく。葛湯《くずゆ》のようなとろとろの蜜が絡みついてきた。

「一本じゃないだろう！」

また男の声だ。

「あっ、はいっ、待ってください……」

香織は、慌てて、人差し指を一度抜き、中指と絡み合わせた。本能的にそうしたが、実は香織は、一本以上、自分では入れたことがなかった。もちろん男にはそうされたこともあるのだが、自分ではない。人差し指一本で、ヘリコプターの羽のように、グルングルン回転させるのが好きなのだ。ピストンはほとんどやらない。

だが、いまは男の希望に沿うことの方が大事だ。

絡ませた二本を深々と挿入した。

「あふっ」

男根が入って来るイメージだった。爪先が自然にそっくり返る。指の付け根まで差し込んで、外国人が『カモン、カモン』とやるように動かした。

「あぁあああああああああっ」

どうしたことか、一回目の絶頂が訪れた。ぐったりとなった。

「野津さん、あの女、まるで動物だよ。変態を超えている」

さっきの女の声が聞こえた。いやだわ、そんな言いかたしなくても……香織は恥辱に全身を震わせた。同時に女が読んだ名前が気になった。

野津さん？

この男こそ、香織が、暗号名『大岡忠介』から探索を指示された野津正幸なのではないか。ただひとり三森ホームズの顧客データになかった名前だ。

そうだとしたら、武藤勝昭、矢崎孝弘と同じ組織の人間だと考えることが出来る。大岡が調査を命じてきたのだから、工作員だろう。

やはり、自分は、北に連れてこられたようだ。それとも、中東か？

「茜、おまえだって、強制オナで興奮しただろう」

野津が女に訊いている。わざとスピーカーを通じて、香織にも聞こえるように言っているようだ。

「えっ？」

女の声が動揺している。

「おまえが、カメラに向かってやっている様子、たっぷり見せて貰った。アイドルがまさかあんなにクリトリスがでかいとは思わなかった」

アイドル？　この女はアイドルなのか？

「うちらは、みんな本来は『こそこそオナ』なんですよ。あのときは強制されたからやるしかなかったんです。このサルみたいな女とは別です」

女の声が少し低くなった。

——私も強制されたから、激しくやっている。

「こそこそ、オナニーするってことか?」

野津が興味を持ったようだ。

「そう……見せオナと真逆。楽屋や移動の車の中で、こそっとやる。実はそれ燃えるんです」

女の声が掠《かす》れ気味になっている。

香織にも理解出来きた。自慰は、オープンなものではない。隠れてやるから淫靡《いんび》な気持ちになれる。

「やってみろよ。コジカネのこそこそオナ」

コジカネ?

アイドルユニット『桜川412』の小島茜ではないか。よくテレビに出ている。そんな女がなぜここにいる?

「いや、見られたら『こそオナ』にならないですから」

「わかった、見ねぇよ。その代わり……」

ガサゴソと音がする。

「舐めろ。おまえは、しゃぶりながら自分でも昇天しろ」

野津が小島茜に命じている。

香織は、生唾を飲んだ。

野津の一物を咥えながら、指を股に這わせる小島茜を想像したからだ。テレビで何度も見ている女。歌番組を見る限り、楚々《そそ》とした印象があったが、やはり相当擦《す》れている。

「谷村香織、おまえなにやってんだ。テキーラぶち込まれた方がいいのか？」

野津の視線が、こちらに向いたようだ。それにしてもフルネームで呼ばれるとやけに緊張する。

「いえ、すぐに」

香織は、すぐに股に指を戻した。昇天したばかりの亀裂は、まだ熱を持っていた。

「気絶しねぇと、承知しねぇぞ」

「あっ、はい」

香織は、再び陰核を愛《め》でた。人差し指の腹で、腫《は》れた肉の芽を円を描くように擦っていく。

「あぁっ」

アイドルの小島茜が、フェラをしながら同じように股を弄っていると思うと、とてつもなく興奮してきた。すぐに二本同時挿入に切り替え、ピストンした。

「あっ、んはっ、んまんちょっ、いいっ」

自然に喘ぎ声が出る。

「おぉっ」

野津の声も聞こえてきた。じゅるじゅると茜がしゃぶり立てている音も同時に聞こえてくる。

「はぁ〜ん」

香織は腰をくねらせ、空いている左の指を、唇に当て舌を這わせた。

自分も、しゃぶりながら触っているイメージになる。完全に発情のスイッチが入ったようだ。

「んはっ、まん……ち……っぽ」

自分でも、信じられない、卑猥《ひわい》な言葉を発し始めていた。

野津のあの巨大な肉棹を、テレビで見る限り小顔で、唇も小さな小島茜が、むしゃぶりついていると思うと、乳首までがビーンと硬直してきた。

たまらず、鷲摑《わしづか》みにする。

そのままエロモードに突入し、身体の敏感な部分を擦りまくった。

「あっ、また、いくっ、うわぁああああああ」

大きな興奮の波に包まれて、ひとりでのたうち回った。秘孔は、蕩《と》けたチーズのような蜜液でべとべとになり、恐ろしいほどの卑猥な臭いを立ち昇らせている。

「昇天しても休むな。すぐに弄れ」

野津の声だ。この男は狂っている。

「えっ、はい」

まだピークアウトせず、怒っているような状態の陰核に触れると、くすぐったくて吐きそうになる。

——女を狂い死にさせる気か。

「すぐにもう一回、昇《い》けよ！　じゃないと、すぐに殺すぞ」

「わかりました」

膣袋に指を挿入する。膣の柔肉も興奮が冷めきっておらず、敏感になりすぎている。擦ると、本当に腰が抜けそうになった。

「あうっ」

「そのまま、続けろ」

野津が命じてくる。

一時間ぐらい、オナニーを続けた。

徐々に意識が遠くなってきた。ひとりエッチで気絶するなんて、バカみたいだ。快感も度を超すと、疲労感だけが強くなってくる。百メートルの全力疾走を何本も続けているようなのだ。

もう何度、頂点に達したのか、わからなくなってきた。

ぐったりしてきた。呼吸が乱れっぱなしで、連続的な絶頂による全身の痙攣《けいれん》が止まらない。

「もう、ダメです。昇きすぎました」

香織はギブアップ宣言をして眼を閉じた。もう動くことが出来ない。

「ちっ、誰が勝手にやめていいと言った」

スピーカーから聞こえる野津の声が一段と大きくなったが、香織はもう指を動かすことすら不可能だった。胎児のように身体を丸めて、止まらない震えに身を任せることにした。後は野となれ山となれ、だ。

すぐに、ドタバタと足音がして、監禁部屋の扉が開いた。迷彩色の乱闘服を着た男たちが数人入ってくる。同じ迷彩色のワークキャップを被っていた。

北の兵士か？

「ドンズはテキーラでねぐ、日本酒でいぐごとにしたんだど」

ひとりの男が、左手に『菊正宗《きくまさむね》』の一升瓶を持っていた。

「んだ、んだ。そっぢの方がいかべ」

「先《さぎ》に、車さ乗せるが？」

「意識があるんだば、その方が、運ぶのが、楽《らぐ》だべさ」

「んだ、んだ」

男たちが口々にいい、真っ裸のままの香織の腕を取った。

意味はぼんやりしているが、日本語だ。朝鮮語ではない。

「立て、こらっ、脚にぐれぇ、力、入れろよ。このマンジュ触りおんな」

マンジュはどうやら女のアソコの意味らしい。ここは、どこだ？　この方言は、何地方の者だ？

東北地方ではないかと、おおよその見当がついたが、はっきりしない。脳が回らないのだ。

香織は、なんとか膝に力を入れ、立ち上がった。男たちに協力したいわけではないが、自力で補わなければ、男たちにとられた腕が痛すぎるからだ。

汗とともに、股間からとろ蜜が、ポタポタと落ちた。

「このションタレが」

菊正宗の一升瓶で、重いきり尻たぼを打たれた。どすんと前後の穴奥にまで衝撃が飛んでくる。

垂れているのは小便ではないと、訴えようと思ったが、その気力もなかった。冷たいコンクリートの床が続く廊下を歩かされ、玄関に出た。

白い空の下に、黒い高木が並んでいる光景が見えた。荒涼としている。

——シベリアのような景色だ。

香織はそう思った。真っ裸で立たされているので、寒い。腕と太腿が鳥肌になった。

「あん。もうエッチしたいですよ。野津さん、アレに何か塗っていたでしょう。舐めている間に、私、まじアソコが疼いてきた。このまま中断されると、凄い欲求不満になっちゃう」

香織のあとから小島茜がやってきて言った。テレビで見るよりはるかに小柄だ。香織と大して年齢は違わないはずだが、タータンチェックのミニスカートに紺のニットと子供っぽい服装だ。そのミニスカートの前裾から手を突っ込み、股間を弄っていた。

「エッチは、東京に戻ってからだ」

茜の尻を撫でながら歩いている野津が、香織の方に視線を向けながら言っている。

「あはんっ、私、東京に帰れるんですね」

「あぁ、もう、俺たちから逃げられないように、たっぷり本番している様子を収録させてもらったからな。帰してやる」

野津は、茜の尻穴のあたりに指を這わせている。どこまでもそっちの方は好きな性癖のようだ。

「逃げる気なんかないですよ、私、野津さんの女になりますよ。もう表じゃなくてもいいです。ジャッキー事務所の赤瀬さんのように裏方になった方が、芸能界を動かせますものね」

茜が、尻をもぞもぞと揺らしながら言っている。

裏方になるって、どういうことだろう？　引退したのか？　香織はしばらくの間、囚われの身となっており、世間の情報が入っていないので、よくわからなかった。

ただし、このところ、女優やタレントの事務所離れが進んでいる。自らが個人事務所の経営者に転身している者も多い。

芸能界の何かが変わってきているのではないか。香織は漠然とそんなことを思った。

「あぁ、芸能界だけじゃなく、政界も裏から動かしてくれよな」

野津がどこか投げやりに言っている。

「でも、この前みたいなのは、ちょっと怖いですよ」

茜が、そう言った瞬間に、野津が手首のスナップを利かせたように見えた。

「あっ、お尻の穴！　いやんっ」

茜が、眼を丸くして飛び跳ねた。野津は、そのまま弄りまわしているようだ。アイドルの尻穴に指ピストンを食らわせているとはすごい光景だ。

茜は、呆《ほう》けたように口を開けている。

「裏方の仕事を始める前に、まずは少し入院だ。お前の身体の中に入っているいろんなクスリを一回抜かないと」

「どこに入院するんですか？」

茜が、不安そうな眼をした。

「明石町の『聖バレンタイン国際病院』だよ。それも特別病棟の個室だ」

名門中の名門と誉《ほま》れ高い総合病院だ。

「あら、セレブですね。嬉しいです」

茜の顔が輝いた。

「ただし、病名はアル中だ。いいな。ヤク中とは言えんからな」

「なるほど、わかりました。いい休養になります。で、この変態女はどうするんですか？」

香織は、茜に指差された。陰毛のあたりを差している。

「その女も、一緒に入院する。同じアル中でな。お互い病院の中で暴走しないようにな。政界や財界の偉い人がたくさん入っている。くれぐれも粗相《そそう》のないように」

野津が顎をしゃくった。

「車、もう、そこまで来てるんで」

菊正宗の一升瓶を手にした男が言った。

するとと、ダークブラウンの大型車がやってきた。戦車のような車だ。

「わぉー。ハマーH2ですね。かっこいい！」

茜が尻穴をほじられたまま、ダークブラウンの戦車のような車を見て、歓喜の声をあげた。

「しかも運転してんの『ブルーヘブン』の成田さんじゃないっすか」

「あぁ、あいつが連れて帰ってくれる」

野津が、乱闘服を着た男たちに、顎をしゃくった。

「へぇ、車のなかで、完璧なアル中に仕立てておきます」

男が言い終えたときに、ハマーH2が、香織たちの前に止まった。野津は踵《きびす》を返して、ビルの中に戻っていった。

3

黒須路子は、ラブホテル『ブルー・ブルー・シャトー』から四百メートルほど離れた位置にトヨタ・ヴィッツを駐めて、待機していた。

四百メートル離れていても、ホテルのエントランスの様子はよく見えた。海沿いの古城のようなデザインのラブホだが、見ようによっては廃墟だ。

青森県東津軽郡。竜飛岬の近くだが、町の名前までは、路子には不明だった。陸奥《むっ》湾に面したいくつかの町が入り組んでいるのだ。

新青森駅でレンタカーを借り、国道三三九号線をひた走って、津軽半島の突端近くまでやってきたのだ。

途中、夏泊《なつどまり》という地名を見かけたが、今日に限ってかも知れないが、白い空に浜風がきつく、ブナの林が揺れる光景は、夏というより、晩秋の気配を醸し出している。

路子は、約二時間、周囲を走り回りいくつかの倉庫らしき建物の目星をつけ、ラブホの前へとやってきた。

――普通、休憩は二時間でしょう。

路子は腕時計を見やった。

午後四時五十分。

上原が地元の女をナンパして、彼女の車でしけこんでから、すでに二時間三十分が経過している。

「ったく」

舌打をしたところで、ラブホの入口に上原の姿が現れた。女と一緒だ。漁師の家の娘で蟹田《かにた》という町のスナックに勤めているのだそうだ。二十歳《はたち》ぐらいに見えた。上原は、近くの漁港でナンパに成功していた。元ホストだけあって、その辺の腕は、まだまだ捨てたものではない。出会って、路上でビールを飲んでいるうちに、ホテルに向かうことになったのだから、大したものだ。

上原、曰く『地元じゃない人なら、やらせるはず』だそうだ。

確かに、こんな過疎の荒涼とした町では、人間関係が決まりきってしまうことだろう。誰かと誰かが付き合えば、翌日には町中の噂になっている。そんな町では、正式に付き合わない限り、おいそれとセックスも楽しめない。

ぶらりと単独で現れた旅人は、彼女にとっても恰好のアバンチュールの相手と映るのだろう。

「ナンパは、TPOと環境分析で、確率はグーンと上がります」

元ホストで現ヤクザの上原の弁だ。

その上原が、女と別れの抱擁《ほうよう》を済ませ、こちらに向かって歩いてきた。

――私は、デリヘルの運転手か？

路子はふとそんな気持ちになった。上原のようなプロを五人抱えれば、商売になるということだ。悪くはない。警視庁の女性警察官も相当な欲求不満を抱えて職務に勤《いそ》しんでいる。割り切ってセックス出来る相手のニーズは多いはずだ。

デリヘルと同じサービス内容にすればいいわけだ。

手マンとクンニ。

そんな気持ちで、車に戻ってくる上原を眺めていたら、札束が歩いてくるような錯覚にとらわれた。

「お待たせしました」

上原が、扉を開けて助手席に乗り込んでくる。笑顔だ。

「いくらとったの？」

路子は、横眼で睨んだ。

「あれ、まさかミカジメとかとらないですよね」

「この先の仕事っぷり次第よ」

「通常なら十万ですが、いろいろ聞き出せたので、二万。フルサービスの上に延長してこの額ですから、ただみたいなものですよ。いちおう自分は西麻布では、常にナンバー入りしていたんですから」

ナンバー入りとは売り上げが、ナンバースリーまでに入っていることを言う。ちなみにフルサービスとは射精までしたということだ。

「まぁ、二万なら手間賃としてとっておきなさいよ。それで聞き出せたの？」

路子は話を本題に戻した。

「はい、しかし時間かかりました。いや、俺の腕のせいじゃないですよ。彼女、お代わりの連続で、俺もう枯れちゃったんですが、とにかく言葉が聞き取れなくて」

そう言うと、上原はだるそうにため息をついて、眼を閉じた。いかにもセックスの後といった顔だ。

「寝ないでよ」

「はい。しかし、わかんない方言ですね。セックスのことへッぺって言うんですね。へッペスペェが、エッチしない？　なんだそうですよ。あそこはマンジュ。お饅頭の形に似ていることが語源だとか。ドンズ抜くは、尻に突っ込むっていう意味だそうですよ。あなたがナで、私はワでいいんだそうです。やたら縮めるんですね、津軽弁って」

上原が思い出しながら、ふっ、と笑った。

「マンジュは、何となくわかるんですが、キンタマのことをガモっていうのは、わかんねぇですよ。アクセントが違うんじゃなくて、ぜんぜんボキャブラリーが違う」

上原は辟易《へきえき》しているようだった。

自分もこの二日間、青森県内をうろつきながら、何度も聞き直した。おそらく津軽弁は、日本で一番難解な方言ではないかと思う。

青森空港に降り立ち、市内のファミレスに入った時点で、周囲の会話が外国語に聞こえたものだ。

「この前話したとおり、竜飛岬のすぐ近くの今別町の倉庫街に成田は倉庫をいくつも借り上げていて、地元の不良に管理させているということですよ。東京からいろんな荷物を預けているそうです」

「わかった。五十キロぐらい先だわ」

路子はナビに入力し、アクセルを踏んだ。

日没前に、谷村香織を救出したい。

成田和夫の故郷での評判はすぐにつかめた。

中学二年までは、竜飛岬の近くの漁村に住んでいた。父親が、青函トンネルの掘削《くっさく》時代に東京から移住してきていた。成田が生まれたのは、本坑《ほんこう》全面貫通の年に当たる一九八五年だ。現在、三十六歳ということになる。

母親は、太宰治《だざいおさむ》の出生地で有名な金木《かなぎ》町の商人宿で仲居《なかい》の仕事をしており、休日となれば金木町や黒石《くろいし》、五所川原《ごしょがわら》の歓楽街へと繰り出していた父親と懇《ねんご》ろな関係になった。

ふたりが結婚して生まれたのが和夫である。

だが、それから約三年後、父親は妻子を残したまま、東京に戻ってしまう。一九八七年十一月、青函トンネルが完成したことによって、工事関係者の仕事は激減し、和夫の父親も地元では、職にありつけなくなったのだ。

父親は東京に戻ったが、その後も全国を転々としていたため、竜飛には寄り付かなくなった。母親は仲居の仕事を続けていたが、トンネル工事の終了をもって、約二十五年続いた界隈《かいわい》の繁栄も終止符を打つことになり、間もなくスナックで働くことになる。

和夫が小学校に上がる頃には、母親はアパートで客をとるようになった。中学に上がった頃には、すでにいっぱしの不良になっていた。竜飛岬の界隈には、和夫と同じ境遇の子供が相当数いた。母子家庭ではないが、父親不在の家庭に育った子供たちだった。同じような環境の子供同士で徒党を組んだ。排他的な地方集落に住み、出稼ぎ人の子供と揶揄《やゆ》された仲間たちだ。

存在感をアピールするには、暴力でのし上がるしかなかった。終戦直後に生まれたハーフたちの環境と似ているようだ。

――私の勘が当たっていれば、東京の不良社会で結びつく相手は決まっている。

路子はそう思った。だが、それは青天連合のスタンスと矛盾するのだ。

――スパイ。

富沢にその仮説を告げると、論理が飛躍しすぎていると一笑に付された。

――そうだろうか？

不良の世界にも、潜伏《せんぷく》工作員はいるはずだ。国の工作員ではない。あくまで不良グループ同士の潜伏工作員だ。

そこからさらに上に繋がっているとすれば、国が絡む話になる。

和夫は十五歳になる直前に、母親とともに東京へ移住している。二〇〇〇年のことだ。父親が、転々としていた工事作業員の仕事をやめ、派遣ではあるが、東京で警備員の職に就くことになり、ふたりを呼んだという。

和夫にとってはこれもまた不幸の始まりであった。

東京の中学で、地方出身者として徹底的に排除されたのである。転校三か月で登校拒否になり、十六歳で渋谷のチーマーに入る。以後は、暴力の世界で生きていくことになるわけだ。

渋谷署の少年係の記録からかつての行状を調べ、昨日、青森時代の和夫を知る者たちから聞き込んだ結果だ。

竜飛でも東京でもよそ者扱いされたわけである。

五年ぐらい前から、和夫は再び地元にやってくるようになった。当時の東京系の仲間たちとの縁を復活させたという。

『何かを始めたことは間違いない。だが、地元でも過激とされる集団なので、こっちの者は誰も近づこうとしない。わがらねな』

中学時代の教師の話だ。精一杯、標準語で話してくれたが、それでも聞き取りにくかった。それだけ、この地方の方言は語彙《ごい》そのものが標準語とは異なるのだ。

そして、和夫が地元に戻り始めたという五年前、和夫の父親は六十歳で定年退職している。最後が、バーナードセキュリティだったというのは奇遇すぎるのだ。

両親は、現在、錦糸町《きんしちょう》で定食店をやっている。外国人労働者の多い町で安くてうまい定食店は、結構繁盛しているようだ。和夫が資金提供者であることは間違いない。

路子には、両親に外国人労働者向けの安価な定食店を経営をさせている意図が、どこか透けて見えていた。

故郷というものが曖昧になってしまった者たちへの声援。それが奴の善の顔。

もうひとつは情報収集と政治的扇動の拠点づくりのため。そっちは悪の顔だ。

同じ人間が善悪双方の顔を持っていることは、刑事になればよくわかることである。

父親的存在であった関東泰明会の先代会長は、路子にとっては善人であったが、片方では、平気で人も殺した極道でもあるのだ。

「最近は、ハマーH2を乗り回しているので、戻っているとすぐわかるそうです。昨日あたり今別町に入っていると、さっきの女が言っていました。地元の半グレ集団『東津《とうつ》会』がすぐに今別町に集結するので、間違いないだろうって」

上原がアロハシャツから濃紺の特攻服に着替えながら言っている。

「東津軽郡が拠点だから、東津会なの？」

路子は訊いた。

「いえ、女の話では、東京生まれの父親と津軽生まれの母親を持つ者が集まって出来た集団の名残だそうです。現在はほとんどその意味はなく、この界隈の不良で集まり、青森や弘前《ひろさき》などの県内では都市部に当たる地域の半グレと権力闘争をしているようですが。成田和夫は、東京から資金や武器を送り込み、昔の仲間たちを支援しているってことです。地元の不良たちの間では、東京で青天連合の幹部に出世した成田はレジェンド的な存在なのだとか」

着替え終わった上原は、手にナックルダスターを嵌め始めていた。昔はメリケンサックと呼ばれていた代物《しろもの》だ。

ますます臭う。

見た目は、半グレの権力抗争のために後押しをしているようなのだが、行動の形態が、左翼の工作員、あるいは扇動家に似ているのだ。

西に傾く日差しを顔の半分に受けながら、津軽半島の突端を目指して走らせた。道は、ときおり海沿いになる。

陸奥湾である。

陸奥湾は、下北《しもきた》半島と津軽半島に抱かれるようになっているためか、湾であるのに大湖《たいこ》の趣もある。

本州の地図の一番上に位置する湾である。

路子は、静謐《せいひつ》な印象を受けた。

突然、前方のカーブから巨大なSUV車が出現した。ダークブラウンの戦車のような風貌である。巨体を揺らしながら疾走してきた。

「あれじゃないですか。ハマーH2」

上原が叫んだ。

「とりあえず、一回すれ違うしかないわね」

「了解。俺が写メ撮ります。姐さんは、GPSを」

上原が、スマホを取り出し、前方に掲げた。

ハマーH2は、すぐ前に迫っている。路子は麻のサマージャケットのサイドポケットから、小さな円盤を取り出した。マグネット式のGPSだ。

サイドウィンドーを開け、GPSを握った右手の肘を出す。

「うわっ」

すれ違う瞬間、風圧でヴィッツは弾き飛ばされそうになった。路子は左手でステアリングを握ったまま思わず首を縮めたが、右手のスナップを利かせて、ハマーH2の後部ドアのあたりにGPSを貼り付かせた。

ハマーH2はあっと言う間に、遠ざかっていく。

「撮りました。運転している男の顔が、資料の成田和夫と同じだったようですが。後部座席にアイドルの小島茜に似た女と、背の高い女が座っていました。あれは谷村香織じゃないでしょうか」

上原が、撮影した画像をプレビューしながら叫んでいた。

「移動させようとしているのね」

路子は、ヴィッツをスローダウンさせ路肩《ろかた》に停めた。

倉庫を割り出して、飛び込むつもりだったが、ちょっとしたカーアクションになりそうだ。

「姐さん、どの武器でいくんですか？」

上原が訊いてくる。

「００７とジャッキー・チェンの合作みたいなパターン」

「古くねぇっすか？　大道具そんなに積んでいないですし、ハマーのルーフに這いつくばって、走行しながら窓を蹴るって、現実には難しいですよ。振り落とされます」

上原が右手に嵌めたナックルダスターを撫でながら言っている。

「あんたなら、映画で言えばどのパターン？」

なんでも映画やドラマの一場面をたとえて言うのがわかりやすい。人間の脳は、文章ではなくある象徴的な映像で物事を記憶しているからだ。

ひとは例えば小説を読んでいても、次々に自分なりの映像を浮かべているものだ。

「ここはシンプルに『ハイアンドロー』じゃないっすか。エグザイルのヒロさんプロデュースの」

路子も見ていた。やたら団体戦が多いアクション映画だ。

「鉄パイプも金属バットも積んでいないわよ。非致死性閃光弾《スタングレネード》とか、拳銃は持ってきているけど」

路子が後部座席に置いたキャリーケースを指さした。この武器を持参するために、航空機は避け、保安検査のない新幹線でやってきたわけだった。

「そんなの、ひとつ間違うと大事故でしょう。一般市民を巻き込んでしまいますよ。ここまでの道の途中に、工事現場と中学校があったでしょう。そこにちょいと寄って、鉄パイプと金属バット、拾っていきましょう」

なかなかいいアイデアだ。

「あんた、極道になってからの方が、ホスト時代よりも洗練されたわね」

「へぇ。先代の付き人を二年、務めましたから、自然に磨かれましたね。極道は、素人さんを巻き込んじゃならねぇと」

上原が遠くを見ながら言った。

路子は、ヴィッツをＵターンさせた。

4

ハマーＨ２の背中を見つけたのは、二時間後だった。

貼り付けたＧＰＳで位置の確認は出来ていたものの、走っても走っても追いつかなかった。道が空いてるので、縮まりようがなかったのだ。

捕まえたのは、青森市内に入ってからだ。ハマーＨ２は、あきらかに青森空港に向かっていた。

「むしろ、ちょうどいい時間とポイントかもね」

路子はステアリングを握りながら首を左右に振ってコリをほぐした。

午後七時に近い。県道二十七号線だ。市街地を抜け、草原の中を走っていた。空港のさらに先には、酸ヶ湯《すかゆ》温泉があるはずだ。

幸い対向車もいまはいない。

「そうですね。この人気《ひとけ》のない道でやっちゃいましょう」

上原が、鉄パイプを一本手にしていた。

「じゃ、真横に出るね」

路子は、ヴィッツを対抗車線へとはみ出させアクセルを踏んだ。ハマーの横に出る。

力士と子供が並んだような光景だ。

運転席の成田和夫が怪訝《けげん》な顔をした。「わ」ナンバーの小型車が、何を急いでいる、という目だ。互いの速度は七〇キロ。一般道としては出ている。

──油断している。

そう睨んだ。

「ぶつけるわよ」

助手席の上原に伝え、一端、右に寄せてから、勢いをつけて左に思い切りステアリングを切った。

上原はサイドウィンドーを開け、鉄パイプをやり投げのポーズで構えていた。

猛烈な衝撃音がした。

ヴィッツは弾かれたように右に飛ばされた。上原の真横の扉が外れていた。

だが、小型車とはいえ車だ。体当たりされたハマーの真横が大きくへこんでいる。運転席と後部座席の間のあたりだ。

同時に上原が投げた鉄パイプがハマーの後輪ホイールに絡まっていた。鉄パイプは呆気なく折れていたが、走行中のホイールに衝撃が与えられたことで、ハマーは大きくバランスを崩したようだ。

路肩の縁石に乗り上げ、後輪が空回りをしていた。

運転席の成田は、右腕を強く打ったらしい。ステアリングの上に肘を乗せ、顰《しか》め面《つら》をしていた。

左側の助手席と後部ドアが、ほぼ同時に開き、迷彩色の乱闘服を着た男がふたり飛び出してきた。

津軽弁で喚いているが路子には、意味がさっぱりわからなかった。

「姐さん、この車は、まだ動きますか？」

上原がレンタカーに搭載されていた発煙筒を右手で握りしめたまま言っている。左手には金属バットだ。戻る道の途中、中学のグラウンドで練習中の野球部員から買い取ってきたものだ。

「辛うじて。扉がないからちょっと寒いけど」

「だったら、逃亡に使えますね。向こうの高級車を動かなくしてやりましょう」

「ＯＫ」

と路子が答えたとき、背後に気配を感じた。

バックミラーを見やると、乱闘服を着た男ふたりが同時に飛び上がり、ヴィッツのリアハッチのあたりに蹴りを入れてきた。アーミーブーツは鉛入りのようで、ガツン、ガツンと蹴られるごとに、ハッチが破壊されていく。

上原が、金属バットを握り直し、飛び出そうとしていた。

「待って！」

路子はすぐにギアをRに入れた。ヴィッツが後方に急発進する。

「うわっ」

「ふぎゃっ」

ためらわず、ふたりの男を撥《は》ね飛ばした。

いかに鉛入りのアーミーブーツだろうが、鉄板でつくられた千二百CCの車の方が強いことを教えてやったつもりだ。

さらに、ヴィッツに強打され、アスファルトに這いつくばっているふたりの脹脛《ふくらはぎ》を狙って、猛スピードで後進した。バックモニターで脹脛の位置を捉え、正確に踏んでやる。

「あぁあああ、痛《い》で、痛でぇよう」

「あだっ、折れだ。我《ワ》の足の骨、折れでまったべや」

口々に言っている。そうだ、その通りだ。へし折ってやったのだ。

「じゃあ、俺が向こう、ぶっ壊してきます」

上原が、ドアのなくなったヴィッツの助手席から飛び出していった。扉が開いたままになっている後部座席から、発煙筒を投げ入れている。

「いやぁあ、なにこれ、臭い、煙たいわよ」

まずは、背の高い真っ裸の女が飛び出してきた。公安の特殊潜入班工作員、谷村香織だ。資料写真と同じ顔だ。

路子はすぐに車を彼女の横につけた。

「乗って。あなたを保護しに来たの。寒いけれど、この先に温泉があるから。そこでゆっくり」

「感謝します」

香織が頭を下げた。気の強そうな眼をしているが、どこか人懐《なつ》こい印象で、路子は好感を持った。

誰かに似ている印象なのだ。

「いや、いや。もう芸能界なんて、いやよ。知らない。成田さん、野津さんに伝えてよね。私、もう、戻らないからって」

次に降りて来たミニスカートの女が、草原の中を走って行った。何度か転んで、パンツがまる見えになっても、女は何かに取り憑《つ》かれたように這って前進していた。アイドルの小島茜だった。

すぐに、残っていた三人目の乱闘服の男が追い、あっけなく小島茜は捕らえられた。四つん這いのまま、喚き続けていたが、乱闘服の男が肩に注射器を刺すと、小島茜は、すぐに気を失った。なんと軍隊レベルの麻酔薬を所持しているということだ。

乱闘服の男は、小島茜を担ぎ上げると、成田に目配せし、そのまま歩いて木立の中に消えていった。褒美に凌辱《りょうじょく》していいということだろう。

路子は、放置することにした。有名アイドルだが、民間人だ。今回の救出ミッションには入っていない。

「お前、俺が青天連合の成田だって知ってんのか！」

成田和夫が、ハマーから降りて来た。足に来ているようで、少しふらついていた。肘も同じ角度を保っているところを見ると、罅《ひび》が入ったのかも知れない。いまなら、上原にも倒せるだろう。

「知らないっすよ」

上原がバットで、成田の足を払った。

「あうっ」

成田があっけなく転倒した。

上原は成田にかまわず、ハマーH2に向かっていく。まずは、鮮やかな水平打ちで左のヘッドライトを叩き割った。

続いて右。

夜間の走行能力を奪うために、車の目を潰しているのだ。

続いて運転席を覗き込み、ボンネットのオープナーレバーを引いている。戦車のようないかついマスクのハマーH2が、間抜けなカバのようにパカンと口を開けた。

上原が、そのエンジンルームを滅多打ちし始める。プラグが飛び散り、ラジエーターから水が噴き上げた。

「てめぇ」

成田がアスファルトに両手を突いて踏ん張っているのが見えた。負傷しているとはいえ、青天連合の幹部にまでのし上がった男だ。喧嘩殺法は、筋金《すじがね》入《い》りだろう。

案の定、尻ポケットから、ジャックナイフを取り出し、エンジンの破壊に夢中になっている上原の背後に這い寄っている。ブラックジーンズに包まれた尻がこちらを向いていた。路子の好きな、男の色気を感じさせる引き締まった尻だ。

「谷村さん、ちょっと待っていてね」

路子はもう一本ある金属バットを握って、駆け出した。暮れなずむ北国の空は、深い紫色に覆われていた。

「あんた、不良なのかテロリストなのか、はっきりしない男だねぇ！　中途半端な男って嫌いだよ！」

紫の空へ飛ばす勢いで、路子は成田の股間をフルスイングした。ガツンとバットのスイートスポットが睾丸に当たる感触を得た。玉が股間にめり込んだ。

「うぉ、おえっ」

成田がゲロを撒いた。

どうせ捕らえて取調室で叩いても、たやすく白状するような相手《タマ》ではない。潰してしまえば、いまに上が動き出す。

「私、ゲロも嫌いなんだよ」

路子は、成田の前に回り、もう一度、バットを振った。ビュンと風を切り、スパーンと快音が鳴った。顎が砕けたのは間違いない。

「うぉおぉおおおおおおおっ」

紫の空に成田の断末魔の声が飛んだ。目の周りをくしゃくしゃにして、泣いている。その顔は半分にひしゃげてしまったように見えた。

「公安工作員の奪還に成功しました」

路子は、警視庁《ホンテン》の富沢に電話した。

酸ヶ湯温泉に向かって走っている途中だった。谷村香織は、上原のスーツジャケットを羽織って眠りについていた。

「そういえば、アイドルの小島茜が一緒でしたが、民間人を救出してややこしくなりたくなかったので、放置しました」

「なんだと」

富沢が声を荒らげた。

八甲田山の麓にある酸ヶ湯温泉へ続く道は、すでにとっぷりと暮れていた。まだ午後八時前だというのに、辺りはもはや闇だ。

「どうかしましたか？」

路子は訊いた。

「せんだって自宅で死亡した民自党の日高大輔議員。死因は覚醒剤のオーバードースだったことがソウイチの調べでわかった」

「それまた、民自党にとってはスキャンダルですね」

「そして死亡は自宅ではなかった。あの日は、溜池のホテルに泊まっていたそうだ。なんとそのホテルにアイドルの小島茜がいたそうだ。一緒だったという確証はないが、これは警視庁《ホンテン》ではなく芸能マスコミが明らかにしてくれるだろう。彼女は引退声明を出したばかりだ」

その小島茜が半グレの大幹部と、ヤク抜きのための監禁場所があるという地にいた。

また何か繋がり出してきたようだ。

闇の彼方から、硫黄の匂いとともに、酸ヶ湯温泉の灯りが見えてきた。

第六章　女帝の遺言

1

一九四八年、米軍キャンプ回りのバンドの手配師《ブッカー》になった私は、翌年の五月、いったんニューヨークに戻ることにした。

地元のブロードウェイでミュージカルをたくさん観たくなったのと、いくつかの伝手《つて》を発掘するためだった。

エリーは朦朧《もうろう》としたままの意識の中で、回想を続けていた。

あの頃はまだ二十歳。

将来どんな仕事に就こうかなど、考えたこともなかった。

それがバンドのブッキングをしているうちに、ショービジネスの虜《とりこ》になってしまったのだ。

バンドマン集めは、じきに自分から動かなくても、勝手に集まってくるようになった。新橋《しんばし》駅や品川《しながわ》駅にトラックを付けて待っていると、楽器を持った連中が続々と集まってくるのだ。

私はすぐに、品川駅にトラックを手配した。通常の興行ならば、地回りのヤクザだとか既存の興行師だとかを相手に、いくつもの手続きを経なければならなかったわけだが、エリーは、無敵であった。

何と言っても、アメリカ大使館の公式ブッカーの許可を得ていたからだ。逆に、稼業の人たちも、私に頼まないと、横田《よこた》でも座間《ざま》でも横須賀《よこすか》でも、トラックを中に入れることは出来なかった。

それと、いまの人たちは知らないだろうけれど、キャンプは現在の何十倍もあったのだ。講和条約締結後にどんどん日本に返還し、いまではメインの基地とその居留地しか残っていないけれど、一九五五年頃までは、東京はもちろん、日本中に米軍施設が存在していたのだ。例えば、築地市場は接収されて、キャンプ・バーネスという、憲兵隊が駐屯《ちゆうとん》する小さなキャンプになった。ドライクリーニング工場や射撃場の他に、娯楽劇場があって、そんなところも週末や記念日にはバンドやシンガーを求めていた。

ジャズが出来るミュージシャンやシンガーは、引く手あまただったのよ。

私は、わくわくしながら、ブッキングの仕事をしていたものだ。

いまにして思えば、単純な仕事だったと思う。

トラックの前にやってきたプレイヤーたちをパート別にうまくまとめ上げて、ひとつのバンドに組み上げて、適当に名前を付ける。

ブルースターズとかレッドストライプスなんて、米兵が喜びそうなバンド名を付けては、私は、主に横田基地に連れて行った。座間とか横須賀は遠いこともあったし、神奈川は、別に英語が達者なブッカーがいたこともあった。

何がわくわくするって、ステージに上げて、音を出させた瞬間に、兵隊たちが笑顔になることだった。

音楽は、読書や絵画、そして映画などより能動性を必要としない。

読もう、あるいは鑑賞しようと思わなくても、街に立っているだけで、耳に入ってくるものだからだ。

そして自然と足がリズムを刻《きざ》み、身体が踊り出す。だから音楽だ。そのことを、私は米軍キャンプのホールで、思い知らされた。

昨日まで銃を向け合っていた敵国のバンドマンの出す音に、米兵たちが拍手を送っている。下手な英語の歌にも、サムアップしてくれる。とにかく楽しめたらいいのだ。

エンタテインメントは、人々を幸福にするために存在する。私は、その仕事がしたいと思った。

そんな折に、私の背中を強く押した人物がいた。

威一郎が通っていたロンドンのハイスクールの先輩だ。

あの夜のことが、走馬灯《そうまとう》ではなく、全部いっしょくたに瞼の裏に落ちてきた。

一九四八年の暮れのことだ。

私が後に夫になる坂本威一郎とともに、永田町《ながた》の『山王《さんのう》ホテル』に食事に出かけたときのことだ。

山王ホテル――。

現在、南麻布にある米軍用の『ニュー山王ホテル』は一九八三年に建て替えられたものだ。一九四八年当時の山王ホテルは、まだ永田町にあった。

もはや二・二六事件で青年将校たちが立てこもったホテルと言っても、わかる人は少なくなっただろうが、そのホテルだ。

帝国ホテルや横浜のホテルニューグランドなどとともに終戦後に接収されていた。

他の名門ホテルは、講和条約締結後に直ちに返還されたが、山王ホテルだけは、二〇二一年の現在でも返還されていない。実に、奇妙な運命をたどったホテルということになる。

現在のニュー山王ホテルのバーラウンジには、カジノがあることはあまり知られていない。日本国内にある唯一合法的なカジノだ。

かつて私は、よくそこでスロットマシンに興じていたことがある。ホテル内は米国領扱いなので、合法なのだ。

七十三年前に、旧山王ホテルを訪問したのは、威一郎が、大先輩に就職の世話をしてもらうための会食だった。

まるでニューヨークのホテルかと見紛《みまが》うようなレストランに入ると、奥まった席に、痩せて背の高い日本人がすでに座っていた。

年齢は四十六歳。

威一郎の出た高校の最初の日本人卒業生だということだった。港湾労働者として働いて貯めた金を、自らの教育へ投資した人物として校史にその名を残している。先輩はその後ケンブリッジに進学したという。

『初めまして。わざわざおいでくださってありがとう。このレストランのサーロインはとても美味しいですよ』

いきなり英語で話しかけられたが、その発音は、威一郎をもしのぐ純英国風のものだった。

私もすぐに英語で答えたら、グッドと言われた。語学力をテストされたみたいだった。

『ここでは、日本語を使わない方がいいんです。何を喋っているかわからないと、ここの将校に睨《にら》まれます。スパイじゃないかとね』

なるほどと思った。

私が黒須次郎と初めて出会ったときのことだ。

貿易商でありながら、日本政府とＧＨＱとの間に設置された『占領政策連絡局』のメンバーに入っているとのことだった。

威一郎は、得意の英語を生かせる商社への就職を希望していた。

それぞれがステーキをたいらげ、デザートのアイスクリームとコーヒーが置かれた頃、黒須が、おもむろに切り出してきたのだ。

『エリー、そして坂本君。いまにこの国は、戦前のフィリピン以上にアメリカナイズされるよ。いや、そうなった方がいいんだ』

唐突すぎて、意味がわからなかった。

『黒須さんは、このまま占領が続いた方がよいと？』

アイスについていたウエハースを摘《つ》まみなら、私は訊いた。

『自分は、それでいいと思っているが、国民の総意ではない。多くの日本人は、再び独立国家として、この国の文化や伝統を守っていきたいと考えているはずだ』

黒須も短いスプーンでアイスを掬《すく》っている。どういうわけか、アイスを掬う仕草ひとつにも品があった。ただの英国かぶれではない。

『それではいけませんか。いかに敗戦国とはいえ、自国の主権を回復したいと思うのは当然です』

威一郎も困惑気味であった。

『軍隊を持たない国が、未来永劫《えいごう》に主権国家でいられると思うかね。坂本君？』

黒須は穏やかな口調で言っているが、眼は鋭く威一郎を射貫いていた。

一九四八年という時代にあって、再軍備について語るのは、一種のタブーに近かった。誰もが、二度と戦争を起こしてはいけない、という思いだったに違いない。

『再軍備なしで、主権は守れませんか』

威一郎がコーヒーを口に運びながら言う。離れたテーブルで金髪の子供がはしゃぐ声がした。将校の子息だろう。父親が『正月は帰国せず京都に行こう』と話している。夫人が手を叩いて、賛同の言葉を述べていた。

『無理だ。そんな国には、すぐに近隣の国が手を出してくる。ソ連と、いずれ中国共産党が建てる国。地政学的に奪い取るべきだと判断したらすぐに、何のかんのと理由をつけて奪いに来る。かつての日本がそうだったようにな。帝国主義という言葉はなくなっても、覇権主義という意識は、潜在的にどんな国でも持っている。平和を希求し、共存共栄を図ろうというのは、お題目にすぎないさ。現実は、弱肉強食が、自然界の摂理だ。もっともこんな話は、ロンドンとニューヨークで育ったユーたちだから、話すんだけどね』

黒須がナプキンで口を拭った。

『おじさまの思う、日本があるべき姿はどんなものでしょう』

私は、しっかり黒須次郎の眼を見て訊いた。

『見た目は主権国家。内実は米国の付属領。グアムやサイパンみたいな立ち位置がいい。日本国内に米軍を駐留させたままにする』

黒須ははっきりそう言った。

『そんな……主権国家で外国の軍を駐留させるなんてありえないでしょう』

威一郎が声を尖《とが》らせる。

『いいや、少なくとも五十年ぐらいは、それがいい。吉田《よしだ》さんは、そう考えているはずだ』

吉田さんというのは、吉田茂《しげる》のことだ。去年、短命に終わった内閣を率いた吉田は、この年の十月、総理にカムバックしていた。二度目は長くやるの元祖が、この総理だ。

『その真意は？』

私は、バンドのブッキングがこの先も長く続けられるならば、それでいいかも、ぐらいに思っていた。

『米国が去ったら、地政学的にヤバすぎる。仮に日本が再軍備したところで、ソ連や中共には敵《かな》わなくなるだろう。ましてや再軍備なんかしたら、この二国に良い口実を作らせることになりかねない』

『口実？』

威一郎が前のめりになった。

『喧嘩《けんか》を売るときの口実なんてなんでもいいんだ。再軍備した日本軍が、ソ連や中共が主張する領土内に入ったとする。我が国もその位置が自国のものだと確信している場所にだ』

『う～ん』

威一郎が唸った。

『相手も、日本軍だと思ったら、撃ってくるだろう。そしたらこっちも撃つ。戦争というのは、そうして起こるんだ』

『米軍だったら、そうはならないと？』

私が訊いた。

『なりにくい。勝てそうな相手になら喧嘩を売るが、逆にやり込められそうな相手だと、普通は遠慮するものだ。街でいざこざが起こっても、そうなるだろう』

『わかりやすいです』

私は大きく頷いた。

『米国に用心棒になってもらうってことですか？』

威一郎が不愉快そうに、コーヒーを啜った。

『警備委託だ。その間に日本は経済発展だけに専念すればいい。米国も日本を、共産国にしたくないから、それなりに守ってくれる』

黒須次郎がそう言って、頭の後ろに手を組んだ。

私は、大いに納得した。

『ソ連、中共が、日本を獲ろうとしますかね』

威一郎はまだ不承知のようだ。

『どちらの国も、かつて領土や租借地《そしやくち》を日本に獲られているんだぞ。恨《うら》みは深いさ。いずれ朝鮮半島でも反日運動は起きるだろう。植民地としていいようにされたという意識は百年続くさ。やられた者は、必ずやり返そうとするものだよ』

『それはそうですよね』

威一郎も今度は納得した。

日本の隣近所は、恨みを持った者たちばかりだということだ。

『この状態で、米軍が引き揚げてしまったことを想像すると、ぞっとしないかい？』

黒須が威一郎と私を交互に見た。

お互い、頷いた。

確かにぞっとする。

太平洋は大きすぎて、すぐには駆け付けてくれないだろう。

『ぐっすり、眠れなそうですね』

私は答えた。

『日本国内に米軍基地がこのままいくつも存在し、周辺の海や空を星条旗マークの艦隊や戦闘機がウロウロしてくれていたら、どうだ？』

黒須が、威一郎の眼を見つめて言った。

『安心して眠れますね……ただ……』

威一郎が言い淀んで、周囲を見渡した。客は数組いたが、いずれも将校が自分の家族と食事を楽しんでいる様子だ。どのテーブルも、おしゃべりに夢中になっている。

『ただ？』

黒須が片眉を吊り上げ、顎を撫でた。

『国民感情としては、アメリカ人に対して反発があります。東京を焼け野原にして、原爆を二個も落として、戦闘員ならいざ知らず無辜《むこ》の人々の命を奪ったことに対する恨みは、根強いです。日本人だって同じです。今回はやられたけれど、いつかはやり返したい』

威一郎が少し声を落として言った。

私には、そういう感情はなかった。そこはやはり、生粋《きっすい》の日本人であっても、米国籍だからだろう。

『そこでだ』

今度は、黒須が前のめりの姿勢になり、テーブルにのせた腕を組んだ。

『親米感情醸成工作に協力してもらいたい』

黒須がそう切り出してきたのだ。

『アメリカ大好きキャンペーンですか？』

私は笑いながら訊いた。

『まさにその通り。エリー、ユーはショービジネスの観点から、アメリカの良さを打ち出してくれないか。キャンプ回りのバンドのブックなんてのは、いずれ廃《すた》れる。いまは、英語を母国語にしていない日本人が、英語の歌を歌っているのが物珍しいんだ。それだけのことだ。エンタテインメントビジネスの醍醐味は、ブッキングにあらずだよ』

黒須が柔らかな笑みを浮かべた。

『ブッキングにあらずとは？』

私は訊いた。これは肝《きも》の話だ。

『ディスカバーリング・アーティストとスタッフ・ストラクチャーだよ』

『なるほど。自前のタレントとスタッフを持てと』

『そういうことだ。ただ焦るな。エリーにしか出来ない実績を作れ』

『いったん、アメリカに戻ることだ。ブロードウェイとハリウッドに人脈を築きなさい。まだ日本人が自由に海外に出られない、いまのうちにだ。ユーは出来る』

『面白いです。やってみましょう』

私は答えた。

『そして一九五二年ぐらいに帰国してください』

『何があるんですか？』

威一郎が問うた。

『吉田さんは、その頃までに講和を実現させるつもりだ。そして、五三年には民間テレビ局がスタートするだろう。日本の新しいエンタテインメントビジネスはそこから始まるだろうよ』

『テレビにタレントを送り込めと？』

『イエス。アメリカナイズされたタレントをね。エリーが仕掛けだす前に、いくつかのプロダクションに協力させる。アメリカンポップスのカバーをね。それと開局する民放局にもアメリカのドラマをどんどん流してもらう。人材は確保してあるよ。エリーはその間に、じっくり本場で人脈を作り、帰国してから、歌えるだけじゃないシンガーを作り上げて欲しい。いや、それはアメリカのコピーでいいんだよ。親米への印象操作だ』

『望むところです。けれど、私はそのビジネスを始める以上、生涯をかけてやりますよ。いつか、世界の中でオンリーワンなタレントを作って見せます』

言っている自分が興奮していたものだ。

根拠はどこにもないのだけれど、妙な自信があった。いまだからわかるが、それは成功する者、特有の勘なのだ。

不思議なほど、スターになる者は必ず妙な自信を持っていた。虚勢ではなく、むしろ淡々と『それ出来ます』という顔をするのだ。そして出来てしまう。

あのときの自分もそうだったような気がする。

努力はあまりしていない。ただ、とても運があったように思う。

『坂本君も、にわかに就職せずに日本の大学をきちんと卒業した方がいい。そのうえでしかるべき商社にきちんと入社させてあげます。これも占領中のいまは、雌伏《しふく》の時期だと思いなさい』

確かに威一郎はこの時点ではまだ、大学を休学中だった。

『わかりました。ですが、黒須さん、講和後に拘《こだわ》りますね』

威一郎が訊くと、黒須は笑った。

『アメリカが占領下ではコントロール出来たことが、直接は出来なくなる。間接的にアメリカの意図を汲《く》んで動いてくれる日本人たちが必要になる。あらゆるジャンルに親米派をつくることに、いま国防省と国務省は血眼《ちまなこ》になっているのさ』

黒須が肩をすくめた。白人のボーイがコーヒーの注《つ》ぎ足しをしてくれた。

『これが黒須のおじさまのお仕事なんですか』

占領政策連絡局という部署名を思い出した。

『僕のことは、米国政府の依頼を受けたロビイストだと思ってくれたらいい。ジャパンロビーとも言われている。ジャパンロビーからユーたちに資金を提供することになる』

黒須がそう言って、再びコーヒーカップを手に取った。

そのころの私は、まだジャパンロビーというのがよくわからなかった。篤志家《とくしか》の親睦団体ぐらいに思っていたのだ。

ジャパンロビーが対日工作機関のひとつで、主に戦後の『心理工作』を担っているのだと知ったのは、一九五二年に再帰国してからだ。

帰国後の私は、ニューヨークやロスアンゼルスで培《つちか》った人脈を通じて、日本人歌手たちの米国公演の手助けをすることになる。この国の芸能界の住人たちに、まずは恩を売って歩いたのである。国民的歌手のロス公演や日本舞踊のサンフランシスコ公演、新進ファッションデザイナーのニューヨーク進出なども後押しした。

日本には、大量の『アメリカ』が輸入され始めていた。ハリウッド映画が日本中の劇場に氾濫《はんらん》し、ラジオからはジャズに加えてウエスタンミュージックが流れっぱなしになった。のちにこれが、空前のロカビリーブームに転換されていくのだ。

私が、ブロードウェイで観たミュージカル『ウエスト・サイド物語』にヒントを得て、四人組のダンスコーラスグループ『東京マンハッタンズ』をデビューさせるのは、それからまだ干支《えと》が一回り先の一九六四年のことだ。そう、前回の東京オリンピックの年である。

私は三十六歳になっていた。機が熟すのを待ち、用意周到に始めたので、それからは一気に軌道に乗った。

威一郎の方も一九五二年、上智《じょうち》大学外国語学部を卒業すると三森物産に就職した。食品部で、大量のアメリカ食品の輸入に貢献し、晩年は、ハリウッド映画の資金調達に日本企業を斡旋するなど、終始アメリカのために尽力したサラリーマン人生だった。

私たちが籍を入れたのは、東京マンハッタンズが売れた翌年だった。

そうそう、もうひとつ、あの夜の山王ホテルで思い出したことがある。

会食が終わり、ロビーに出たところで、黒須に女性が歩み寄ってきた。黒須はテレもせず『愛人です』と紹介してくれた。

当時で三十歳ほどの女性だった思う。生きていれば、百歳を超えている。

『赤坂のキャバレーで夜の蝶をしております谷村詩織《しおり》といいます』

女性の方も何の後ろめたさも見せず、黒須の肩にしなだれかかりながら言っていた。黒須は艶福家《えんぷくか》でもあった。

谷村詩織という名前を、私がはっきり覚えているのは、彼女もまた米国のエージェントだったからだ。夜の街における日本の政財界の動きを知るためのエージェント。通称ピンクスパイだ。

谷村詩織は、一九六〇年に出来たシアター形式のグランドキャバレーにホステスとしてではなく、キャスティングマネジャーとして入店している。客の嗜好《しこう》に合わせたホステスの割り振りの担当だ。

利権ビジネスの陰で、多くの枕ホステスを指揮したとして赤坂の裏面史を飾る女だが、その情報を吸い上げていたのが、黒須次郎だということはあまり知られていない。一九五三年、黒須との間に男子をひとり授かっているはずである。

東京マンハッタンズを成功させてから私は、数々のアイドルを育て、芸能界に一定の勢力を持つようになった。

芸能ビジネスは面白い。有名人を作り上げることで、有名人がどんどん接近してくるのだ。

私は親米派プロモーターとして、日本が自由主義陣営に留《とど》まるための印象工作に貢献してきた。少女たちがアイドルに夢中になれる世の中は、素晴らしいと思っている。

だが、二〇〇〇年代に突入してからの中国の覇権主義はすさまじい。その勢力と組もうとしている芸能界の大物たちも多い。

そいつらはステイツメントなき芸能ゴロだと、私は思っている。

いつの頃からか、うちの事務所にまで、その芸能ゴロたちが手を突っ込んでくるようになった。上海の工作機関にすっかり骨抜きにされた連中である。

そこら辺のことを託すには、息子のジョージは心もとない。

まだ生きなければならない。

私が知る真実を告げられる人物と出会うまで、もう少し生きていなければならない。

突然、瞼が軽くなった。

息苦しさも消えた。

私は眼を開けた。ここは、聖バレンタイン国際病院の集中治療室のようだ。ガラス窓の向こう側に、じっと計器を見ている医師がいた。

『エリーさんは回復しました。呼吸が戻ってきていますよ。コロナから生還です』

医師がスピーカーを通じて語りかけてきた。

私は、両手を挙げてみた。動く。いつもステージのタレントに向けてするように、顔の周りで大きな円を作って見せた。

ガラス窓の向こうで拍手が起こり、何人ものタレントたちが入ってきた。二十人はいそうだ。廊下の向こうにまでジュニアがいるようだ。

ボードに思い思いの言葉を書いて語りかけてくれる。息子のジョージの顔を探したがいなかった。

ふん、まだ実権は渡さない。

とりあえず海底トンネルの件を誰かに告げなければならない。私の方だってスパイを送り込んであるのだ。

——成田を呼ばねば。成田和夫だ。

そう思ったときに、ガラス窓の向こう側で、人垣が崩れた。悲鳴が上がる。童顔の少年たちばかりの中から、醜悪な顔をした女が現れた。藤堂が面倒を見ている、うちの女性版みたいなユニットの誰かではないか。

——あぁ、先だって記者から聞いた、引退宣言をした小島茜だ。

手に包丁を握っていた。

ジュニアのひとりが切りつけられた。

私はベッドから降りようとした。芸能プロにとってお抱えのタレントは、実の子のようなものだ。

だが、動けなかった。

身体にまだ力が入らないのだ。

完全防護室のようで、音も聞こえない。小島茜は、刃物を振り回しながら、こちらの部屋に入ってこようとしていた。

狙いは私のようだ。

眼が完全にイッていた。薬物中毒者であろう。コロナから生還したかと思えば、ヤクに殺される。どの道、今日あたりが私の命日だったようだ。

止めに入った医師が思い切り腹を刺されている。クスリの力で、瞬間的にとてつもない力を発揮する。痛みも感じなくなっているので、誰も制止出来ない。扉のノブに手がかかった。ガチャガチャと回している。隔離のため簡単には開かないようだ。

小島茜は体当たりを始めた。みしみしと扉が音を立てた。

背後から、とんでもなく背の高い女が飛び込んできた。警備員ではない。女性入院患者のピンクの病衣《びょうい》を着ているのだ。

女性格闘家だろうか？

女は小島茜に近づくと背後から、首に手を回した。スリーパーホールドだ。タレントたちは廊下に退避している。切りつけられた子も、大事には至っていないようだ。腹を刺された医師だけが床に転がっている。

縺《もつ》れて、ふたりはガラス窓の前で重なり合った。

ふたりの顔がアップになった。

あの背の高い女、記憶にある。いや会ったことなどないはずなのだが、どうも記憶の片隅にある顔だ。

「死ねや！」

背の高い女の口がそう言っている。

「ぐふっ」

小島茜が口から泡を吹いた。

小顔がガラスに押し潰されて、鼻と頬がぺしゃんこになる。痛みは感じなくとも、器官は破壊される。

首に腕を巻きつけている背の高い女の肘が、さらに力んだ。

「もう一息よ！」

私は、思わず声援を送ってしまった。

「うっ、はんっ」

小島茜は、まるでセックスで頂点を見たような顔をしたまま、ガクリと頽《くずお》れた。

すぐに別な医者が、蒼白な顔で脈を診ている。

病院で『死ねや』はないもんだ。

医師が、指でＯＫマークを作って、看護師にストレッチャーの手配を叫んでいるようだ。

医師と小島茜がストレッチャーで運ばれた後に、背の高い女がスピーカーで話しかけてきた。

「坂本さん、出すぎたことをしました。私、谷村と言います。たまたま今日だけ肛門科に入院してまして。通りすがりの者です」

そんなことはないだろう、ここはコロナ病棟だ。なんでウロウロしていた？

それより、谷村という苗字がひっかかった。

七十三年前に出会った谷村詩織に似ているのだ。死の縁を彷徨《さまよ》っている最中に、フラッシュバックの中に谷村詩織の顔も出てきたものだ。これは一種のシンクロニシティか。

私は、思わず目の前の女の顔をじっと見た。

「肛門科で入院というと？」

トークバックボタンを押して、掠れ声で訊いた。

「明日、痔の手術です。いぼ痔なんですよ。その前泊《ぜんぱく》です」

女は右手を尻に回して、あっけらかんと言っている。

「それは大変そうね。あっ、そんなことより、助けてくれてありがとう。後できちんと御礼に伺うわ。ねぇ、谷村さん、下のお名前は？」

「谷村香織です。御礼なんてとんでもありませんよ」

女は屈託のない笑顔を見せている。

私は会釈だけした。女も会釈をして、くるりと背を向けた。

「ねぇ、赤坂にいたお祖母《ばあ》さまは、まだご存命？」

女の肩が震えて、すぐに振り返った。

「坂本さん、何でうちの祖母さん、知っているんですか！」

顔は引き攣《つ》っていた。間違いない、谷村詩織の孫だ。

「まだ、喋るのが辛いのよ。あなた、痔の手術を終えたら、すぐに帰らずに、ちょっとここにいなさい。費用は私が出すから」

目の前の谷村は呆気《あっけ》にとられている。

私は、そのまま目を瞑《つむ》った。

人生はミステリーだ。遺言状は通りすがりの者に渡すのが、一番面白い。

2

「何はともあれ、お手柄だった」

富沢に礼を言われた。指令通り、公安の工作員である谷村香織を奪還したのだ。褒《ほ》められて当然である。しかもその香織が昨日、大きな手柄を挙げてきた。

衆議院議員、日高大輔の死亡に関して、事故死以外の可能性が浮かび上がってきたのだが、その重要参考人である小島茜の別件逮捕の協力者となったのだ。

協力者というのは、香織が公安工作員であることは、本人も警視庁《ホンテン》も沈黙しているからである。香織は現在、三森ホームズ勝鬨橋営業所を無断欠勤し、停職中の身ということになっている。

「日高大輔の薬物中毒死についての動きは？」

路子は訊いた。

日比谷公園の噴水の前。

ちょうど水が高く噴きあがったところだ。

小島茜を逮捕したことにより、あらたな進展が見えたのではないだろうか。茜は、傷害未遂で現行犯逮捕されたが、直後の尿検査で覚醒剤の陽性反応が出たそうだ。使用は認めている。

事情聴取の手順が決まっていないことから、まだマスコミには発表していない。

「捜査一課の動きが鈍い」

富沢誠一が、盛んに右頰を押さえながら、言っている。歯痛に悩まされているようだ。新型コロナウイルスの蔓延《まんえん》以来、歯医者に行っていないという。微妙なところだ。臆病になりすぎて、持病を悪化させてもいけないし、かといって、怖いもの知らずで突き進んで呆気なく命を奪われた人もいる。

コロナは本当に悪党だ。

「官邸から、圧が入りましたか?」

路子は久しぶりに風船ガムを口に放り込んだ。ブルーベリー味だ。マスクの習慣がついてから、風船ガムは使いにくくなったのだ。

「そういうことだ。日高は女癖の悪さでは政界一だった。官邸としては、これ以上掘り下げないでくれということだ。一課としては、自宅で心筋梗塞だったのが、ホテルで女性アイドルと一緒に薬物中毒死となれば事件性が出てくるので洗い直したいところだが、官邸が人事権までちらつかせてきている。死亡した議員の尊厳を守れの一点張りだ」

「議員本人が死亡してしまっているのだから、バレてもたかが知れている。相方の小島茜も、昨日、聖バレンタイン国際病院で傷害未遂で逮捕されてしまっているんですから、大スキャンダルに広がるのは時間の問題でしょうに」

路子は青空高く上がる噴水のてっぺんを見つめながら言った。マスクの片側だけを外し、軽く膨《ふく》らませる。ストレスが風船の大きさになって表れる。

何かもうひとつ裏がありそうな事案だ。

「小島茜とだけの関係なら、官邸も圧なんかかけてこないよ。日高はかなりヤバいところにまで、手を出していた」

富沢がポケットから歯の痛み止め薬を取り出し、口に放り込んだ。瞬間、顔をこわばらせる。生唾だけで流し込んだらしい。

「どっかの組の姐さんにでも、手を出しましたか」

冗談のつもりで言った。

「ビンゴだ。日高は前総理夫人とやっていた。そのハメ撮り写真なんかも所持しているらしく、官邸はその流出を恐れている」

パチンと風船状のガムが弾けた。

それなら、一番怪しいのは官邸ということになる。官邸が、どこかに委託して日高を消した。そういうことではないか。

「やったのは公安《ハム》じゃないですか。手の込み入り方が、いかにもハムですよ、さもなくばCIAですか」

「どういうことだ」

「小島茜はカモフラージュ要員でしかないということですよ。日高は、おそらく、小島茜とホテルに入る前に通常より多い量のシャブを渡された。オーバードースを起こすのは、必然だったんです。そこにあえてアイドルと一緒だったという演出を付け加えたということでしょう。そのことが原因に見えるようにするためです。前総理夫人との不倫の発覚を封じ込めるために、別なスキャンダルを用意した。ハムの常套手段じゃないですか。そして最初の遺体が揚がった時点で、密かに運び出し、自宅に持ち込んだのもハムですよ。あらかじめ死亡時間が予測出来たので、隣室にでも、運搬担当を忍ばせていたんでしょうね」

路子は一気に喋った。

「なぜ、そんな面倒くさいことをする。それならホテルで発見させたらいいじゃないか。アイドルとの情痴事件として、そこに注目が集まる。それでいいじゃないか」

富沢が声を尖らせた。

「ストレートすぎます。アイドルとの情事を秘書や民自党が隠したかったという演出を先に入れておきたかったんですよ。そうすると、情事はより際立ちます。でもこのやり方こそ、ハムの手口じゃないですか」

路子は推論を述べた、あくまでも推論だ。

「信じられん。まったく信じられん」

富沢が、大げさに天を見上げながら言った。

芝居じみている。それもへたくそな芝居だ――路子はそう思った。

公安工作員の横取り指令からして、どうも気になっていたところだ。

「部長、惚《とぼ》けないでくださいよ。このところの公安の動きに変化があったんでしょう。だから、その情報を仕入れるために、工作員の横取りを計画した。これって長官レベルからの指示じゃないんですか」

路子は、富沢の前に顔を突き出した。

思い切りガムを膨らませて、わざとバチンと、破裂させてやる。

「おわっ、わっ、汚ねぇ」

富沢が顰めっ面になった。

すこし顔を近づけすぎだったようだ。富沢の顔にガムがくっついていた。路子がさんざん口の中で嚙んでいたガムだ。

「私に、事案の全貌を隠していますね。いったい、何が起こっているんですか?」

路子は、口の中に残ったガムをティッシュに吐き出し、丸めてポケットに戻した。

「上司の顔にガムを付けておいて、その言い草はなんだ。まずはあやまったらどうだ」

「ごめんなさい」

おっしゃる通りだ。

富沢の顔に手を伸ばし、付着したガムを剝がしてやる。剝がし終えると、富沢がおもむろに口を開いた。

「二月に、垂石さんが局長を辞めて以来、公安の中に奇妙な動きがある」

富沢が苦しげな表情をした。

「奇妙な？」

「公安の上層部が、幹事長と歩調を合わせるようになった」

「なんですって？　幹事長は行動確認の対象だったんじゃないんですか？」

路子は声を荒らげた。

現幹事長の石坂雅也《いしざかまさや》は、筋金入りの親中派だ。

日米安保を基軸にする民自党の中で、唯一、イデオロギーよりも経済的実利を優先すべきと言って憚《はばか》らないのが、石坂だ。

飲食産業やアパレル産業の中国進出を強力に推進し、片方では、中国からの大量の団体観光客の誘致に成功した立役者として知られる。

保守派の重鎮である佐竹前総理が退陣して以来、党内での存在感はさらに増し、寺林《てらばやし》現総理の後見人と称される。

久しぶりに登場した影の総理的人物である。

同時に、中国の力による現状変更の一定の容認者でもあるため、公安が要注意人物としてマークしている政治家でもあった。

与党内にいまなお強い影響力がある佐竹前総理は親米派である。正確には反中、嫌韓の政治家であった。

その牙城が、徐々に石坂の手で崩されようとしているのだが、ここにきて、また新たな火種が生まれた。

しばらく眠っていた台湾問題である。

米中対立が鮮明になる中で、米国が台湾に近寄り始めたのである。中国の反発は当然である。そしてややこしいことに前総理佐竹重義もまた親台湾派である。

石坂と佐竹の対立が先鋭化する可能性があった。政権復帰から九年。ここまで、なんだかんだと言って一枚岩であった民自党が、かつてのように派閥抗争に転換することになるかも知れない。

石坂はいち早く公安を握ってきたのかも知れない。

「佐竹前総理の完全失脚を狙って幹事長が公安を抑えこんだのでは？」

日高のことはその前兆だ。

「我々マルボウは、前総理につくべきだと思う」

富沢が、ぼそっと言った。

これもまた内部抗争だ。

スマホが鳴った。谷村香織からだった。路子はすぐに出た。

「お尻の穴は、再生されたの？」

開口一番言ってやる。

「おかげさまで、大便をしてもひりつかなくなりました……って、そんなことよりエリー坂本から、凄い情報を得ました」

谷村が、手短に内容を語った。

聞いているうちに、背筋が凍り付いてきた。

電話を終え、路子は富沢に向き直った。

「黒須機関として、闇処理に動きたいのですが、ご助力をお願いいたします」

路子はいま谷村から聞いた情報をかいつまんで話し、黒須機関としての闇処理の仕方を付け加えた。

富沢は啞然《あぜん》とした顔を見せながらも、承諾してくれた。

「生きて帰って来いよ」

「はい。そう簡単に死にませんよ」

踵を返した瞬間に、富沢の言葉が飛んできた。

「谷村香織にはお前、名乗ったのか？」

「いいえ。まだ黒須機関のことは明かしていませんので、市中潜伏名の戸田《とだ》ユリカとしか伝えていません」

「オープンにしてもよい相手だと、俺は思うが」

富沢が言った。

「では、さっそく」

路子は明石町の国際病院へと向かった。

3

真夜中になった。

六本木のショークラブ『オールド・ブロードウェイ』。

この十年ほど前から、六本木では単純に客が踊るクラブから、ポールダンスやバーレスクショーを取り入れたシアター形式のショークラブが活況を呈している。

ショークラブは昭和の頃から存在していたが、その大半がニューハーフ系のクラブだった。この頃登場しているのは、女性ダンサーのセクシーショーが売り物で、往年のナイトクラブの進化版だ。

ここ『オールド・ブロードウェイ』も、パリのムーランルージュを彷彿《ほうふつ》させる店内とショーが売り物だ。おのずと外国人観光客が多い。

六本木界隈の半グレのたまり場でもある。青天連合の幹部連中は、それぞれ西麻布、飯倉片町、乃木坂などに会員制バーを経営しているが、午前零時までは、こうした大箱で情報交換をし、明け方近くに自分の店に顔を出しに行くのが日常となっている。

もっとも今夜の会いたい相手は半グレではない。

半グレを手兵に使っているロクデナシどもだ。

扉を開けると光の洪水に目をやられ、爆音に耳が潰れそうになった。

「まるでスタングレネードでも食らったような感じだわね」

「まったくだわ」

路子と香織は、立錐《りっすい》の余地もないほどに埋まった人垣を掻き分けながら、二階の席へと上がるフロア中央の螺旋《らせん》階段を目指した。

お互い、年甲斐もなく、ピチピチで股が思い切り切れ上がったブルージーンズのショートパンツを穿《は》いて来た。上はタンクトップだ。路子が小豆色で、香織がシルキーホワイト。絶対に刑事だと思われないためには、これぐらいエロくないとだめだ。私たちはお互い、刑事独特の鋭い眼光が消せないからだ。

しかも香織は筋肉を鍛えていた。肩と腕だけを見たら格闘家だ。

路子も負けてはいなかった。太腿の筋肉では路子の方が勝っていた。公安の工作員とマルボウの特務機関のトップだ。どちらもマッスルフェチなのは言うまでもない。フロントで私たちはエアロビクスのインストラクターだと答えた。

クラブ内は、低音を強調した煽情《せんじょう》的なリズムが鳴り続けていた。

千人は入っていそうなフロアで男も女もそろって腰を同じ方向に振っていた。まるで全員でセックスをしているような光景だ。

ステージではビキニ姿のダンサーたちが、ポールダンスを展開している。ポールは七本。ポールで踊っているどの女たちも、軟体動物のようだ。

客席の上からは透明なゴンドラが舞い降りてきて、ここではバブルに包まれたダンサーが身体をくねらせている。

ストリップ劇場ではないので、全裸ということはないだろうが、ダンサーはそう連想させるようなポーズで泡の中から足を突きあげている。太腿のぎりぎりのラインまで見せているが、パンティは見えなかった。

光と音の洪水に身を晒《さら》していると、徐々に自分が現実から切り離されていくのを感じた。これもマインドコントロールの一種であろう。

二階に出た。

すべてソファ席だ。

バルコニーのようにフロアとステージ全体を覗けるようになっている。

路子はぐるりと見渡した。

ライトが旋回したり、点滅しているので、なかなか目指す男たちを発見出来なかった。

突如、フロアから喝采《かっさい》があがる。

ポールダンスをしていたダンサーが、最大限に脚を開いて股間を見せているのだ。肉眼ではっきり見ることは出来ないが、ステージの背後に据えられたＬＥＤの大型ビジョンにその股間が大きく映し出されている。白いビキニパンツのクロッチ部分が、女の亀裂に縄のように食い込んでいた。左右から大陰唇がはみ出している。

ダンサーはそんな股間を見せつけながら、笑顔でフロアに手を振っていた。数人のウエイターがブリキのバケツを抱えて客席を練り歩き始めた。バケツにダンサーの名前が書いてあるのだ。

彼女推《お》しの客が、チップを投げ入れている。店独自の紙幣だ。円ではなくブロード。昔のフランス・フランのように大きなお札だ。だが価値はたいして高くない。

百ブロード＝百円で、硬貨ではなく札になっているのがミソだ。客は、贔屓《ひいき》のために気軽にチップを放り込む。だが、これが感覚を麻痺させる。短い時間の間に、これから何度も開脚シーンや、半ケツを突き出すショーアップが繰り返されるのだ。

それも、ダンサーたちを競わせる形でショーは進行されていくので、勢い客は贔屓に何度も百円、二百円を放り込むことになる。チップに一万円を使うのはあっと言う間だという。何かグッズとか得点が与えられるわけではないのだ。店もダンサーも丸儲けである。

さらにボリュームが上がり、リズムも速くなった。ライトの動きも大胆になる。

うまい演出だ。

決して客を飽きさせないように、どんどん高揚させていくのだ。

頽廃《たいはい》的だ、と路子は思った。

そしてこの目まぐるしく変わる光と影の中から、目的の人物を探すのは至難の業だと気づいた。

と、そのとき、路子と香織の真正面で、ライトの光が床から天井へゆっくり舞い上がった。上下稼働のムービングライトだ。

背後の闇から、突如、電動式車椅子に乗った成田和夫が現れた。ひとりだ。

顎の周りが石膏《せっこう》で固定されているが、双眸《そうぼう》は穏やかな光を放っていた。青森で対決したときの獰猛な表情も緩んでいた。

「ごめんなさいね。顎、まだダメ？」

路子は歩み寄り、耳許で囁いた。成田が首を振った。まさかこの男がエリー坂本が青天連合の中に仕込んだ『タレント』だとは知らなかった。

二十年前、渋谷で売り出し中だった成田は、六本木でも喧嘩を売るようになった。ロアビルの前で殴り合いをしている様子を見たエリーは、その姿が美しいと感じた。けっして街角でのスカウトをしないことを信条としているジャッキー事務所だが、このときばかりは、エリーもすぐにマネジャーを走らせ、稽古場に呼んだのだ。

タレントになることを成田は承服しなかった。

そこがまたエリーが気に入ったところだったようだ。エリーは演技用の偽闘《ぎとう》の訓練だけでも受けてみろと口説き、他の研究生とは区分けし、踊りと偽闘を学ばせたのだそうだ。

一発でスターになれる素質があると表舞台に進むことを勧めたが、成田は首を縦に振らなかった。

人を殺《あや》めている。と成田は告白した。

実際には、不良同士の素手喧嘩《ステゴロ》で相手を廃人同様にしてしまっていたが、死亡はしていない。したがって刑法上の殺人犯ではない。

だが、成田は闇の中で生きる方が性に合っていると己の生い立ちを語ったという。

エリーには通じるものがあった。

確固たる属性を持たずに生きてきた者同士の、共通の想いがそこにあったという。エリーは無条件で、成田を援助した。

成田は無償の愛というものの存在を初めて知ったという。

十年ほど前から、成田は進んでエリーの情報収集者になった。早い話がスパイだが、成田にそうした意識はなかった。

祖母のような存在のエリーのために有益な情報を摑もうと、自分の立場を利用し、それとなく情報を探っていたのだ。

半グレ集団に属し、西麻布の会員制バーを経営していれば、芸能界の裏情報がいくつも飛び込んでくる。事務所の把握しきれないアイドルたちの行状や恋愛問題。売れっ子を引き抜こうとする他の事務所の動き、そんな情報を成田は得ていた。ただしエリーから聞かれない限り答えなかった。密告《チクリ》は、不良の中で下の下とされるからだ。

エリーもまた、無償である立場を取り続けた。

人と人の信頼とは、こうした状況を幾年も積み重ねることによって強固になる。

ジャッキー事務所の中枢にいる赤瀬潤が、シャドープロに寝返っている情報だけは、漏らさず報告した。そのことから、シャドープロの藤堂がどこと繋がっているかも知った。

上海工作機関である。

そして成田は青天連合の幹部として、その上海機関の動きも知る立場にもあった。

五年前、青天連合と十年戦争をしていた中国系半グレ集団『黒蛇頭《ブラックスネーク》』が、手打ちになった。殺戮《さつりく》よりも共存共栄へと、双方が舵を切ったのだ。

このことは、暴力だけがすべてだった半グレ集団の成熟化を意味し、一方で完全に準暴力団化したことを意味する。暴排条例の網の目にかからない事実上の暴力団なので始末が悪い。

青天連合と手打ちした時点で黒蛇頭は、すでに上海機関の下部組織となっていた。成田の推測では、青天と黒蛇頭の手打ちを誘導したのは、上海機関の工作員である。

日本名――野津正幸。コードネームはサド。

移ろいやすい人の関係性において、成田はエリーだけを信じることにしたという。

そして、その野津を実行部隊の長とする中国工作員の恐ろしいテロ計画を知る。芸能界を震撼させる大謀略。

それは、五年前から準備されている計画だった。青天連合と黒蛇頭の手打ちの時期に符《ふ》合《ごう》する。

上海機関は、ふたつの準暴力団組織が必要になったのではないかと思う。

エリーの暗殺計画。

理由はエリー坂本が、ＣＩＡのスパイだということが原因だった。長年にわたり、日本人の親米感情が向上するように、芸能界サイドから印象操作を行っていたというのだ。一九六四年に、ジャッキー事務所が最初に世に送り出した『東京マンハッタンズ』も、日本人がニューヨークやブロードウェイミュージカルに憧れを抱くように、仕込まれたアイドルグループだったというわけだ。

にわかには信じられなかったが、そのことを問うとエリーは、否定しなかった。上海機関は、もうひとつの有力芸能プロであるシャドープロに接近した。中国における芸能ビジネスの利権と引き換えに、日本国内の親中印象工作の一助を、芸能界に求めたのだ。藤堂は、レコード会社に働きかけ、北京や上海出身の歌手をデビューさせた。ジャッキー事務所が育成していない演歌部門に、中国系演歌アイドルを売り出し始めたのだ。徐々に浸透しだしているところだ。詞やメロディにも、中国への旅情を掻き立てる要素を多く取り込んだ。

かつて、ロカビリーマダムやエリー坂本が取った手法と同じである。

だが、エリー坂本は、これにカウンターを打ってきた。ジャッキー事務所が演歌ユニットをデビューさせたのだ。『山陽《さんよう》ジャッキーズ』だ。

日本の中国地方の出身者五人によるユニットという、いかにもエリー坂本らしいシニカルなカウンターパンチだった。しかし、デビュー曲『瀬戸《せと》の踊り子』は、あまりにもコメディに傾斜しており、いかにジャッキー事務所でも当たらないだろうと思われていた。

あにはからんや、企画物アイドルとしては異例の大ブレイク。『瀬戸の踊り子』は演歌チャートで独走し、それまで『非ジャッキー事務所』の砦《とりで》とされていた演歌部門が侵食されることになった。

激怒したシャドープロを焚《た》きつけ、上海機関は、エリー坂本の抹殺を計画し始めたのだ。その手先にされたのが、元アイドルの広報担当、赤瀬潤だ。

赤瀬は、エリーのスケジュールを懸命に洗い出し、藤堂や野津に伝えていたという。もっともその情報は成田を通じて、筒抜けになっていたのではあるが。

赤瀬は、藤堂に『いずれ芸能界のすべての利権を禅譲する』と吹きこまれていた。その口車に乗り、藤堂陣営の女性アイドルたちを手なずけていた。

傘下事務所の女性アイドルとはいえ、藤堂が完全にコントロール出来るものではないのだ。女性アイドルを操るには、男の色気が必要となるためで、高齢の藤堂では、自分の娘より若い女に恋心を持たせるのは無理がある。権力や金だけで、縛り切れないのが心だ。

赤瀬にはその素養があった。元アイドルだった見てくれの良さに加えて、広報担当として身につけたトーク力と気遣いがあった。

女性アイドルたちは赤瀬の虜になっていった。赤瀬の顔を立てるためなら、喜んでパンツを脱ぐのだ。

藤堂は、エリー暗殺の機会をじっとうかがっていたわけだ。エリーは、常に赤瀬を警戒していたが、逆に赤瀬を泳がせることで、親中派の動きも把握しようともしていた。

赤瀬が自分をマークしていると知っていたエリーは、自分のスケジュールは秘匿《ひとく》し続けていたのだが、コロナ感染による緊急入院だけは隠しきれなかった。

それが、小島茜という刺客を送り込まれた理由である。茜は、アルコールと薬物の双方の中毒者で突如錯乱に陥ったというシナリオだったはずだ。

成田は、さらに上海工作機関の恐ろしいテロ計画を知ることになる。青函トンネルの爆破計画である。

いずれ『一万年前は日本は中国大陸の一部だった』と領有権を主張したい中国は、津軽海峡の中国船の往来を狙っている。

日本国内の動揺や内部混乱を引き起こすために、青函トンネルの破壊は、大きなインパクトになると考えている。

計画はまだ先だ。

だが、その日のために、竜飛の周辺の物件を買い漁っている。たまたま東津軽郡出身の成田に協力を求める声が、藤堂と野津からかかった。

知らぬふりをして、物件を購入し、地元の仲間たちに管理させているが、運びこんでいるのは洗脳するための男女や武器だ。

狙いは旧竜飛海底駅のあたりだそうだ。

テロ方法は二通り。海底爆破と、通過する新幹線に爆弾を仕込むやり方だ。新幹線に積み込む場合は、最寄り駅の『新青森駅』からということだ。

いつ決行かはわからない。

だが、こいつだけは、絶対に許せないと成田は思った。

それこそ自分の父親が関わり、成田一家のすべてのアイデンティティが集約されている場所の破壊だったからだ。

そうしたいきさつを、エリー坂本は、谷村香織に打ち明けたのだ。その話には、もっと驚くべき事実が隠されており、路子と香織は昨夜一晩かけて『黒須次郎は、稀代の戦略家かただのスケベか』について語り合った。ふたりは従姉妹《いとこ》だったのだ。

目の前で成田が、ステージ上手サイドのソファー席に目配せした。

見やると、真下にステージを見下ろす位置に、ジャッキー事務所の広報担当赤瀬潤と、シャドープロの藤堂景樹が並んで座っていた。

「ありがとう。借りておく。次は私たちが返すから。国家権力が必要なときは言って」

香織が逆の耳から囁いた。

成田が、笑顔を見せて頷いた。すぐに車椅子をバックさせ、闇の中へと戻っていった。

路子と香織は、目立たないように踊りながら赤瀬と藤堂の背後に向かった。処理の仕方は決めてあった。

ビートに合わせてヒップを揺するのは楽しかった。

徐々に赤瀬と藤堂に接近し、真後ろに立った。ポールダンスは続いている。七人のダンサーが競い合うように股間を広げて、股の食い込みを見せていた。ヒートアップした客が、チップバケツが回ってくるのが待ちきれず、ステージに直接投げ入れ始めた。紙ヒコーキにしている者もいる。

ダンサーたちは、チップを増やそうと徐々に露出の度を上げている。ポールに摑まったまま、ビキニブラの位置を直そうとする振りをして、一瞬だけ乳暈《にゅううん》を見せる女もいれば、負けじとクロッチの中に指を差し込み、これも食い込みすぎを是正する振りをして、一瞬クロッチを脇に寄せて見せる女もいる。一瞬だが陰部がまる見えになる。

そのたびに狂気の声が上がりチップが乱れ飛ぶ。

客自体も乱れ始めていた。

カップルの客が、人混みをいいことに互いの身体の弄《いじ》り合いを始めている。スカートの中に男の手を潜らせたまま踊っている女性客や、女同士でスカートを捲《めく》りあっているナンパ待ち女たちもいる。

乱れに乱れているのだが、ライトが激しくフラッシュ・アンド・アウト（点滅）するので、その光景自体が虚構のように思えてしまうのだ。

香織とともに真後ろから、聞き耳を立てた。まさか警察が聞いているとは思わないだろう。

ふたりは、いわゆる騒音の中での密談をしているのだ。意外とこれがもっとも安全な方法だったりする。

だが路子と香織は、ポケットからワイヤレスのマイクとイヤホンを取り出した。一円玉ほどのマイクを、赤瀬と藤堂の目の前のローテーブルの下に投げ入れる。香織も同じように放り込んだ。

　声が聞こえてきた。

「日高先生の始末のついでに、エリーも片づけたかったのに、まったく茜は最後まで使えねぇタレントだったな」

　藤堂の声だ。

「エリー婆さんが病院に隔離されてるっていうのは、千載一遇のチャンスだったんですが、惜しかったですよ。野津さんが、茜をジャンキーにしすぎてしまったようです」

　赤瀬が野津の名前を出した。エリーを売ったのは赤瀬で間違いない。

「野津は変態だからしょうがねぇさ。元はカンフー映画の殺陣師《たてし》だったが、とにかく女をいたぶるのが好きで女優に手を出しまくっていたんだよな。それで、地雷を踏んだ。バカだよな。女優が秘密警察の幹部の女だったのを知らなかったなんてよ。それで工作員に仕立て上げられた」

「怖いですよね。中国や韓国で女優に手を出すときは、よほど身元を洗っておかないと危なくてしょうがない。僕もアイドル時代、上海公演がありましたが、向こうの関係者から、何人も女を紹介されました。でも断りました。間違いなく盗撮されますからね。割の合わないエージェントに仕立てられるのはごめんですよ」

赤瀬は屈託のない笑い声をあげている。

「そう、どうせ誰かの手先になるなら、日本の政治家の方がよほどいいってもんだ。最終的に、野津のことも、こっちはコントロールすることになる」

藤堂は、やはり日本の親中派政治家の片棒を担いでいるということだ。

「はい、野津はそろそろ始末しましょうよ。俺たちが持ち上げすぎたんで、ちょっと図に乗っています。それに、近頃シャブを食いすぎている」

香織が顔を顰めた。さんざん尻を掘られた相手のようだ。

「そうだな。なんかいい知恵を出して野津を事故死させよう。谷村香織とかいうのを逃してしまったのも、不気味だ」

路子は香織の顔を見た。頬を引き攣《つ》らせている。顔を知られているのかいないのか、微妙だ。

「そうですよ。俺なんか、野津に頼まれて、矢崎孝弘って名前で部屋まで借りさせられている。妙な物とかをそこに隠されて、俺の指紋とか出されちゃまずいですよ。それに、日高先生にシャブ盛ったのも俺だし」

赤瀬がちょっと決まりの悪そうな顔をした。

「民自党の桐生勇人先生なんかは、武藤勝昭という名前で、なりすまし要員になった。あの人は上海で、どうも野津の上司とかとも知り合いらしい」

真横で香織が額に手を当てていた。

その名前の男を追っていて、拉致されたようだ。

「野津は始末するさ。あいつがいなくても、実行部隊は機能するだろう。もっともテロなんてのは、俺たちの知ったことじゃないよ。そのテロが起きたら、どこの株が上がるかだけが、問題だ」

藤堂が、ローテーブルからおしぼりを取り、額の汗を拭った。

とんだクズ野郎だ。

やはり処分だ。

路子は香織に目配せした。

ステージを見ると、ポールダンサーたちは、ポールを股に挟んで、腰を卑猥に上下させている。BGMはブリトニー・スピアーズの『ボーイズ』。超セクシーなナンバーだ。

ステージのフロントエプロン部分に、円筒が置かれ始めた。最後の盛り上がりを作るための火炎放射器《ファイアーエフェクト》だ。

爆音が鳴り、火炎が飛び出した瞬間に、ポールダンサーたちはビキニのブラとパンツを取る趣向だ。

炎に客の眼が奪われた隙に、取ったビキニを客席に放り投げ、自分たちは一気にポールを滑り降りるという演出だ。

客はビキニの奪い合いとなり、ショーは終わる。

香織は赤瀬の、路子は藤堂の真後ろにいた。お互いショーパンの前ポケットから、小型のアルコールスプレーを取り出した。

度数九十五パーセントの消毒液だ。

轟音《ごうおん》と動きまわるライトの中で、路子と香織は、ふたりのスーツにアルコール液を振りかけ続けた。

上着の肩、肘、背中にたっぷり浸み込ませ、ズボンの腰の周りにも噴き付ける。

いよいよ、ライトが旋回し始めた。

ダンサーたちの手がブラカップやパンツのホックに伸びている。

ちなみにパンツのホックはクロッチと脇ゴムについていて、二か所外すと、ハラリと落ちてしまう仕かけになっているそうだ。ダンサーのひとりをナンパした上原からの情報だ。

「船会社かね」

藤堂が唐突に言っている。

「そこまで伸びますかね。まずは工事関係でしょう。ゼネコンの株を買っておきましょう。後は成田さんのコネを利用して、竜飛界隈の土地を少し押さえておくとか。復旧にしばらく作業員が入らんといけなくなるでしょう。いや修復が出来たらですけどね」

赤瀬が答えた。

テロ決行の時期が迫っているということだろう。

路子は、無性に腹が立ってきた。

こいつらは無辜の人々がテロに巻き込まれ、何百人という死者が出ることをまったく意に介していない。

その性悪な思考の持ち主というだけで、死刑だ。

――火あぶり。

路子と香織は前を向いたまま『せーの』と声を合わせた。

屈《かが》みこむ。

やはり私たちは従姉妹《カズン》だ。リハーサルなしでもぴったり呼吸が合った。

怒濤《どとう》のような歓声が起こった。ダンサーたちがホックを取り始めたということだ。

赤瀬と藤堂も腰を浮かせて、ステージを覗き込んでいる。

お誂《あつら》え向きのポーズになってくれた。

ぼっと炎が伸びる音がする。

微かに軽油と火薬の香り。ファイアーエフェクトの炎は二メートルほどまで伸びているはずだ。

『せーの』

再び声が揃った。

香織が赤瀬を、路子が藤堂を一気に肩車した。

「よよよ。この趣向は何かね」

藤堂が余裕の声をあげている。

「おいおい、ここでファスナー開けんなよ」

赤瀬が言っている。

路子も、藤堂のファスナーを下げ、奥に手を突っ込み、一物を取り出した。柔らかい状態だ。そこにもアルコールを吹きかける。

「おいっ、ここはいつから風俗クラブになったんだ?」

藤堂がそんなことを言っているが、まんざらでもない声だ。

「青天連合の誰かからのプレゼントでしょう。エロダンスを見ながら扱《しご》くのも悪くないでしょう」

赤瀬も男根をむき出しにされている。香織が摩《さす》ってやっているようだ。もちろん手のほうはアルコール塗《まみ》れのはずだ。藤堂と異なりすぐに勃起している。若さのせいか、それとも香織に比べて、自分が下手なのか？

もとい、この期《ご》に及んで藤堂を勃起させる必要はまったくないのだ。とにかくアルコールだけは、たっぷり擦り込んでやる。

「なんだか、スーッとするな。ちょいと痛い感じもするが、こんなことをしてもらうのは天国だな。誰か知らんが、きちんと出すまで、やってくれよ」

藤堂が、振り向きもせず、股を大きく広げた。

「ユー、死んじゃいな！」

路子は藤堂を思い切り放り投げた。

「あんたもね！」

香織も言っている。赤瀬も高く飛ばされた。

ふたりとも両手を広げながら宙を舞った。路子にはその光景が、スローモーション画像に見えた。まるで無重力空間にいる宇宙飛行士のように、だ。

「おぉおおおお」

「うわぁあああ」

ふたりの身体が巨大な火柱の中に舞い降りていく。すぐにスーツに引火した。

「あうっ」

赤瀬の声だ。懸命に何かに摑まろうと、手足をバタつかせている。水泳の平泳ぎのようだが、落下する蝙蝠《こうもり》のようでもある。たっぷりアルコールを含んだスーツの四方をオレンジ色の炎が覆っていく。

「なんだこりゃ！」

藤堂が絶叫しているようだが、その声は、低音がやたら効いたＢＧＭにかき消された。

「うわぁ！」

赤瀬の声が一段と高くなった。勃起した男根が炎に包まれている。身体の中心から火柱があがっているのだ。ジェット花火を見る思いだ。

「ぎゃぁああっ」

柔らかなままだった藤堂の象徴の炎は、赤瀬に比して小さい。が、ズボンの睾丸を包んでいる辺りまで引火していた。火の玉だ。

ポールの中段の位置で、パンツを取ったばかりのダンサーの真横を落ちる頃には、全身に火の手が回っていた。

二体の火達磨《ひだるま》が、鮮やかに落下していく。

客は喝采《かっさい》を送っていた。

「やだぁ、こんな演出、聞いていないですよ。熱い！　なにこれ」

総身も男根も、炎に包まれたふたりに呆気にとられたダンサーたちは、ポールの上で股を広げたままでいた。ブラもパンツもなしの完全オープンショーだ。観客はさらに熱狂した。

二体の火達磨は、床に激突した。先に藤堂で、二度、三度バウンドして、ステージフロントから、客席側に転げ落ちた。

客は踊ったままだ。

続いて、赤瀬が床に体当たりし、仰向けに倒れた。背中からはまだ炎が上がっていたが、男根の周りは白い煙に変わっている。射精したみたいだ。

闇処理、完了！

路子は香織に向いて親指を立てた。

ようやくダンサーたちが、股を閉じ、悲鳴を上げた。

「いやぁああ、興奮したお客様が、燃え落ちてきました。スタッフ、早く、なんとかして」

状況が呑み込めていない様子である。無理もない。普通、天井から燃えた男は降ってこない。ステージにバラ撒かれた模造紙幣に引火した。

これは事故である。

何人もの黒服たちが、消火器を持って、ステージに走り寄っていく。客たちもことの次第に気が付き、騒ぎ始めた。

路子と香織は、混乱に乗じて、クラブを後にした。ざっくりだが、エンタテインメント性の高い処理方法だと思う。

真夜中の外苑東通りに飛び出し、東京タワーに向かって香織と歩いた。

「もう一回、青森に行くしかないねぇ」

と路子。

「なんか青森って、思い出しただけで、私、お尻が痛くなる」

香織が、後ろに手を回し、尻の底を押さえた。

「爆破予定地、竜飛海底って言われても、どんな仕掛けになっているのかね」

嘆息の出る話だ。

「おいっ」

背後から声がかかった。振り向くと、車椅子の成田和夫がいた。膝の上にホワイトボードを置いている。

〝表舞台じゃ働く気はないが、裏ならいいさ。チャイナのテロリストなんて、捻《ひね》りつぶしてやろうぜ〟

顎が割れたままなので「おいっ」が精一杯だったのだ。

「その片棒をかつぐ政治家も潰さないとね。この国は極東にあっても、西側に属しているの」

路子は、北の地で、赤いキツネたちと闘うための方策を想いながら、東京タワーを見上げた。

4

「凄いタクシーで送っていただいたわ。ドライバーさんもチャーミングで、会話も弾んだし、十二時間、まったく退屈しなかったわ。秋からの契約の話も、ゆっくり出来たし」

エリー坂本は、そう言って、ダイナミックタクシーの後部座席から、自分の足で降りて来た。九十三歳は、衰えをみせていない。

ドライバー席から堀木勇希が慌てて走り寄ってくる。エリーのすぐ横に立った。

「平気よ、勇希ちゃん、コロナなんかもうぜんぜん治っちゃったんだから」

エリーは『さぁ、撃て』とばかりに津軽海峡に向かって大きく伸びをした。竜飛岬の展望台の前だ。コロナは全快したそうだ。

路子と香織はすぐに周囲を見渡した。互いに東津連合の乱闘服を着ていた。迷彩色のつなぎだ。

背後に緑の森や崖が広がっているが、とりあえず気配はない。いや厳密にはあるのだが、それはすべて成田のコントロール下にあるので、問題ない。

問題は野津がどこにいるかだけだ。

野津を見つけ出し、テロの方法を吐かせねばならない。テロ決行日は間もなくのはずだった。

エリーはそのために、自ら囮役を買って出てくれたのだ。

六本木の『オールド・ブロードウェイ』を燃やして、二週間が経っていた。

店内の改装にはひと月以上かかるようだが、秋には『ニュー・ブロードウェイ』として、再開する。ただしダンサーは総入れ替えになり。今後は男性アイドルが中心のシアタークラブに変わる。

エリー坂本が買い取ったのだ。

支配人は、この闘いに勝ったら成田和夫が務める。

そしてクラブがもともと所有していたVIP待遇の客専用のロングリムジンは、勇希が専属運転手になることになった。

賓客《ひんきゃく》ばかりではなく、トップクラスのアイドルを出演させた場合、演出効果としてかれらも運ぶのだそうだ。勇希は嬉々としている。どんなことをしても、エリー坂本を守り抜くのだと、今回の旅の運転を買って出ていた。

「もう八月に入ったというのに、ちっとも夏らしくないところね。それに殺風景だわ。戦後のままみたいな景色」

エリーは周囲を見渡しながら言っている。竜飛岬は観光地でもあるのだが、たしかに漠《ばく》とした印象しかない。

どこにでもある寂《さび》れた岬といった風情《ふぜい》だ。展望台も昭和の映画に出てくるそのままの雰囲気である。

他方、この昭和から何も変わっていないであろう景色が魅力と言えば魅力だ。

津軽が生んだ文豪、太宰治、石坂洋次郎《いしざかようじろう》、寺山修司《てらやましゆうじ》たちが見た原風景と変わらないままの景観を、いま路子たちは眺めているような気がした。

どこか、かの作家たちが描いてきた架空の風景と、ここは重なりあうのである。

「『ねぶた祭』が二年連続で中止になったので、余計閑散としているみたいですね」

東北三大祭のひとつである『ねぶた祭』は青森市内の祭だが、県内各地の観光地もその恩恵を受けていることは間違いない。

ねぶた祭の二年連続の中止は、まさに観光立県である青森県の財政を圧迫している。

「まぁ、これも縁だから、十月に私が一発、大きなフリーイベントを仕掛けてあげるわよ。殺風景なところに彩りを与えるのが、私らの仕事だからね。OK、路子、ここを会場にコンサートをやる。『ストーム7』じゃ、海難事故でも起こしそうで縁起が悪いから『Tボーイズ』と『山陽ジャッキーズ』を持って来ましょう。津軽海峡の上で、タンカー船をステージにしてコンサートをやるの。これ画期的でしょう。前総理から地元や海保に許可を取ってもらうわ。それに三森商船のタンカーはすぐに調達できる。収録は日東テレビね。みんな仲間だから」

エリーが得意そうに言って、持参の双眼鏡で海峡を見た。全員CIAだと言っているように も聞こえた。

「エリーさん、観客は？　オンラインライブですか」

路子は訊いた。

「ユー、本当に、次郎さんの孫？　勘が悪いわね。周りにたくさん遊覧船とか、クルーザーを出して、そこから見るのよ。千隻ぐらい集めて、タンカーの周りを旋回しながら、見るの。これ、ナイスでしょう。ここで成功したら、尖閣《せんかく》諸島とか、竹島《たけしま》の周りでもやりましょう。漁船百隻動員してくる国に対抗するには、これぐらいやらないとね」

エリーがウインクした。お茶目なおばあちゃんだ。しかも親米派の視点で、自分がやるべきことを、きちんと弁《わきま》えている。

全体主義国家と異なり、この国は強制して集団行動を起こさせることは出来ない。そこでスター芸能人が必要なのだ。

スターは、大衆を熱狂させる。そしてスターが『ここに集まれ！』と叫ぶと、何万人という大衆がそこに押し寄せる。それがエンタテインメントの力だ。

「エリーさん、津軽海峡に国民の視線を集めようという魂胆ですね」

香織が、納得したように頷きながら言った。

「まあね。今回切り抜けても、チャイナはまた狙ってくるでしょう。ロシアも虎視眈々《こしたんたん》と狙っているわ。はっきり、ここはジャパン！　って主張しないとね。関門《かんもん》海峡に比べて、ちょっと目立たなすぎる」

エリーがそう言った瞬間、銃弾の音がした。

勇希がすぐに、音がした方向とエリーの間に体を寄せた。

「うっ」

勇希の大きな背中から白煙が上がった。

「あなた、大丈夫！」

エリーが勇希の腕を取った。

「大丈夫です。私、防弾ベストを着ていますから」

勇希がタクシードライバーの紺色の上着を捲って見せた。野球のアンパイアが付ける防具の薄型バージョンのようなベストを、きちんと装着していた。

「七時の方向から飛んできたわ」

路子は指輪につけたマイクロマイクに向かって叫んだ。

「いまとっ捕まえる。八つ裂きだ」

成田の声がした。三日ほど前からようやく喋るようになっていた。

「生け捕りよ、生け捕り」

香織が念を押している。なんとしても野津に復讐したいらしい。わざわざ成田に頼んで、刺身包丁を用意してきている。

「勇希、エリーさんを車に戻して、青森へ」

路子はそう言いながら、地面を蹴っていた。銃声のした方向へ香織も飛び出している。

緑の木立の中にいた、乱闘服姿の男たちが、一斉にホイッスルを慣らしながら銃声の方向に走っている。ピーピーとあちこちから鳴り響いてくる。

ホイッスルは、東津連合のメンバーであることを知らせるサインである。同じ乱闘服を着ていても黒蛇頭や上海工作機関の者は、同じ音のホイッスルは持っていないのだ。

「なんだ、なんだよ。おまえらどういうこったよ」

東津連合の男たちに囲まれた男が、狼狽《うろた》えている。

「おらだじゃな（おれたちはな）。津軽弁ばへ（言）っても、日本人だからよっ。他（ほが）の国の指図だば、うげんっ。青函トンネルは、おらだちのじっちゃが掘ったんでよ」

かつての東京からの流れ者の子孫たちは、立派に津軽弁を喋っていた。

「ちっ、俺らが食わねぇと、日本なんか、ロシアに食われるだけだぜ」

囲まれているのは、上海工作機関の者のようだ。

腰裏から拳銃を抜き出している。が、それより早く、東津連合のひとりが吹矢を吹いた。

「くっ」

矢は頸部《けいぶ》に的中した。工作員は、眼を見開いたまま、その場に倒れた。麻酔矢を使ったようだ。

同じような光景が、方々《ほうぼう》で見られた。

「こら、黒蛇頭。東京では青天連合と手を組んだようだが、津軽じゃ、通らねがんな。ここは、おらたちの縄張りだ。指図はうげん。とっと、出ていげや。爆弾はおらだちがもらっておぐがらよ」

「てめぇら、騙しやがったな。せっせと弾薬を運ばせといて、最後に横取りかよ。これ、成田さんの指示なのかよ、あぁ？」

これは黒蛇頭の男のようだ。強がっているものの、眼は完全に怯《おび》えている。五対一の状況だ。おそらくこの男、東京には戻れないだろう。

案の定、ボコボコにされ始めた。

「交通事故と海難事故とどっちがいい？　あぁ、この東京者《もん》。骨にして返してやるがらな」

他でも地元の東津連合の者たちが、黒蛇頭や上海工作機関員を、徹底的に打ちのめしている。黒蛇頭と上海機関工作員は総勢二十名ほど。片や東津連合は百人はいる。まさに袋叩きだ。生かして東京に帰す気はさらさらないようだ。

成田が腹を括ったということだ。

もはや成田は、なにがなんでも青天連合のトップまで上り詰めねばなるまい。それ以外に黒蛇頭と上海連合を裏切った屁理屈《へりくつ》を通す方法がないからだ。すべては力の世界である。黒須機関としては、関東泰明会を動かしてでも支援しなければ、顔が立たない。

路子と香織は崖の上に上がった。

「あうっ、成田、こりゃ、いったいどういうこった」

野津が土の上に両膝を突き、顔の前で腕をクロスしていた。直前に成田の強力な蹴りを食らったようで、鼻梁が少し曲がり、血飛沫《ちしぶき》を上げていた。野津は、黒の特攻服を着ていた。成田の車椅子はカモフラージュだった。

「おまえとは最初《はな》から組む気なんてなかったってことさ」

成田が大きく右足を上げた。左に爪先を向けている。回し蹴りを見舞うつもりのようだ。踵の高さが野津の顎の位置に上がっている。

自分が食らって、よほどダメージを感じたのだろう。やられたことをすぐに返そうとするのは、いかにも喧嘩師らしい。

「顎は避けて、喋れなくして欲しくないの」

路子が叫んだ。

「ちっ」

成田は咄嗟《とっさ》に踵を十センチほど下げた。

「あうっ」

野津の身体が激しく揺れた。左の肩甲骨を打ち砕いていたようだ。

「右肩も壊して！」

香織が叫んでいた。

「あぁ、やってやる」

成田が今度は左足を上げた。扇形に脚を回した。踵が右肩を打撃した。

「くわっ」

野津が顔を歪め、口から唾を吐きながら左に横転した。仰向けになったまま荒い息を吐いていた。

「両手が使えなくなったさ」

成田が、香織に目配せした。セットアップしてやったぜ、という顔つきだ。

「こいつには、少しトラウマがあるの。両脚も折ってくれませんか」

香織が成田の方を向き、両手を合わせている。野津はその香織を睨みつけていた。

「わかったよ」

成田は、傍にいた手下に顎をしゃくった。すぐに金属バットが手渡される。気勢をあげて、成田が金属バットを二度振った。左右の皿を割っていた。野津は絶叫し、直後、気絶した。

「あとは任せる」

成田がバットを地面に転がし、ひと息ついた。

「尋問は任せてよ」

路子が引き取った。

尻ポケットからアーミーナイフを出した香織が、野津の特攻服の中央を切っている。胴体をふたつに割る感じだ。

すぐに上下の繋がりが切れた。香織は、両脚から下半分を引き抜き、野津の下半身をむき出しにした。

赤い国の工作員らしい、真っ赤なボクサーパンツが現れる。香織はさらにそのパンツも引き下ろした。眼が血走っているように見えた。男根は萎《な》えている。

「輪切りにしたいみたいね」

路子は訊いた。香織は首を横に振った。さすがにそれはないようだ。ただし、香織のこの男に対する怒りは半端ないことだけは、ひしひしと伝わってくる。

「尋問は路子さんに任せます」

香織が野津の肉棹を扱《しご》きながら言う。

「じゃあ拷問は、任せるわ。道具を持ってきてもらう」

路子は成田の手下のひとりに目配せした。手下はすぐに駆け出すとトラックからゴルフバッグを担いできた。

フルセットだ。

路子は五番アイアンを引き抜き、香織に渡す。

香織がにやりと笑い、素振りして見せた。ビュンと風を切る音がする。腰がきれいに回転した見事なスイングだった。

「路子ちゃん、いいアイデアだけど、くにゃくにゃじゃダメじゃない？」

香織が野津の股間を凝視した。

「わかった。それは私がアシストする」

路子は野津の顔を平手でたたいた。何度も往復させる。

「はうぅ」

野津の眼が薄く開いた。淀《よど》んだ瞳だった。

「青函トンネルを爆破させようとしているわね。いつよ」

路子が、野津の耳許で訊いた。

「知らない。俺は、エリー坂本を撃ち殺すことだけを命じられた。それ以外のことまで知るか」

野津の眼を凝視した。微《かす》かだが瞳が泳いでいる。隠し事をしている証拠だ。

「エリーさんの狙撃を命じたのは？」

「ほ、本国だ。国の印象操作にとって邪魔な女だからな」

今度はやけに早口で言う。これもおかしい。いかにも用意してきたセリフのようだ。

「香織ちゃん、この男に喋る気を起こさせて」

「こうしてやるわ」

香織が、野津の顔の脇で一度素振りをし、すぐに肉茎の根元にクラブを置いた。陰毛の上だ。

「棹を切ってやる！　私の後ろの処女を奪った記憶が残っている棹は、地獄に飛ばしてやるわ」

「ばか、やめろ、棹を切るなんてバカな考え捨てろ」

野津は必死に声をからしている。額はびっしょり汗に濡れていた。

「お尻の恨みはこれで返してもらうしかないでしょ」

香織は本気のようだ。

路子は萎えている肉棹を握りながら訊いた。

「爆破計画は？　勃起したら、根元からスパッと切れるわよ」

「やめろ、擦るな。手を放せ」

野津が首を振り続けている。勃起するのが恐怖になるという経験はないだろう。

「質問を変えるわ。エリーさんの狙撃を命じたのは？」

路子が訊くと同時に香織が、クラブヘッドに圧力をかけた。野津の陰毛が少し沈む。

「あぁあああああ、わかった、言う。石坂さんだ。幹事長の石坂雅也さんだ。あの人は、上海機関の日本のヘッドだ」

野津が顎を何度も引いた。本当だ、ということらしい。顔は涙と汗と鼻水でぐしゃぐしゃだった。

想像していたことだが、政権与党の中枢にいる人物が、すでにチャイナに取られていたかと思うと、やはりショックだ。

「なぜ？　幹事長は、そんなにアメリカが嫌いなの？」

「前総理が全てのアメリカ系利権を握っているからだ。エリー坂本のアドバイスと資金提供で佐竹が復権してきたら、今度は石坂さんが、確実に干されるからな。選挙資金はストップさせたい。平尾啓次郎が死んでからは、エリーが直接、佐竹とやっている」

野津は観念したように唇を嚙《か》んだ。

うっかりH資金のことを忘れていた。なるほど、総選挙が近い。H資金は幹事長の与《あずか》り知らないところで、佐竹派に流されるということか。一見お茶目に見えるが、あのお婆ちゃん、相当なタヌキだ。そんなことは一言も言っていなかった。

「そして前総理は、次期総選挙で、この青森に独自の候補者を押し込めようとしている。自分の息のかかったタレント候補だ。エリーが手配している。そんなことをされたら、石坂派の桐生勇人先生が弾き飛ばされてしまう。それでは石坂さんの勢力が削《そ》がれてしまう」

桐生勇人は石坂派の若手だ。当選三回で選挙にはさほど強くないが、上海映画界に通じている。

なるほど、ハリウッド人脈のエリー坂本と前総理佐竹重義がカウンターを打ちたくもなるわけだ。

「だからって、いま、青函トンネルを爆破することはないでしょう」

路子は肉棹を扱く速度を上げた。肉が一気に硬直した。香織がクラブの刃を根元に食い込ませる。

「あぁあああああっ。やめろ、やめろ。石坂さん曰《いわ》くこの国は、いま迷走しだしている。感染症対策と社会経済対策を両立させようとして、結局どちらも失敗しているじゃないか。国民はいよいよ新自由主義に疑問を持ち始めている。だから今がチャンスだと。

そして社会主義がもっとも理想の国家体制だと、国民に理解させるには、さらなる国難があったほうがいい。俺もそう思っている」

野津がプロパガンダを始めた。

確かに佐竹前総理が提唱した新自由主義は、過度な自己責任と競争原理が露呈し、格差を生みだしたのは事実だ。

だが、仕組み自体は間違っていない。誰もが努力をし、少しばかりの運があればチャンスを摑める政治体制だ。それはそれで平等ではないか。

路子は野津の皺玉も握った。キューンと棹が伸びる。

香織がクラブヘッドをわずかに引いて、根元に軽くカツンと当てた。

「あっ、頼む、止めてくれ！」

野津が上半身を起こそうと必死にもがいている。だがそのたびに損傷した骨に激痛が走るらしく顔を歪《ゆが》めた。

「テロの決行日は？」

亀頭の裏を親指で摩りながら訊いた。香織が亀頭の真下にクラブヘッドを置き直した。

「わわわっ。やめろ、マジやめろ、実はもう遅いんだ。今日なのさ。幹事長は、もう新幹線に乗っているはずだ」

野津が不敵な笑いを見せた。

路子は野津の頰に拳を打ち込んだ。

「どういうことよ」

「幹事長は、選挙対策のために今日の夕方、新青森に到着することになっている。持参する鞄《かばん》に爆弾が入っている。竜飛にある爆弾は今回使わない。石坂さんは新青森に到着した際、わざとそのカバンを足元に忘れる。列車を降りて、北海道へと向けて出発したあとに、鞄を忘れたと電話させる。国会議員、それも民自党の幹事長の鞄だ。車掌はキープするだろう。リモコンのスイッチは、石坂さんが持っている。青森での公用車にはひとりで乗り込む。誰にも見られたくないからな。俺がここで、新幹線が竜飛の海底に潜ったのを確認して、電話をすることになっている。俺らはただここで見ているだけさ。何の証拠もない。そして民自党の幹事長がそんな大それたことをするとはだれも信じないよ。自分がテロに襲われたと騒げばいい。選挙運動にもなるしな」

野津が高らかに笑った。が、その顔はすぐにまた歪んだ。

香織がすっとクラブヘッドを引き、肩の後ろへと引き上げた。腰を捻り、一端タメをつくり、豪快に振り下ろした。路子はとっさに握りを根元に変え、眼を見開いた。

「ぎゃぁあああああああっ」

野津が白目を剝いたまま、気絶した。濃紫色の亀頭が天高く舞い上がっていく。

「路子ちゃん、手をどけて」

香織が言った。眼が吊り上がっていた。路子は素早く握りを離した。

今度は根元にクラブヘッドが打ちおろされてきた。スパーン。肉棹がくるくる回転しながら、飛んでいく。

香織の眼に穏やかさが戻っていた。

「気が済んだみたいね」

路子は笑った。亀頭も肉棹も崖下へと落下していった。

「私のお尻の穴の中を掻きまわした棹が消えて、せいせいしたわ」

復讐にもいろんなやり方があるものだ。棹がないからといってどうということはない。わざわざ大金を払って、取り除く方々もいるぐらいだ。知り合いのニューハーフいわく、ズボンが穿《は》きやすくなったということだ。

後始末とエリー坂本のケア、それにここからの段取りを成田と打ち合わせ、路子たちは新青森駅へと向かうことにした。

のるかそるかの大芝居を打つことになる。

勇希に車を回させた。新青森駅へ向けて爆走してもらう。

新青森駅のホームに上がると、真夏だというのにスーツを着た男たちが二十人ほどかたまっていたので、そこがグランクラスの乗降扉前だとわかった。ホームは黄昏の光に包まれていた。

路子と香織は一つ手前の扉位置の前で待った。お互い、黒髪のロングウィッグと黒縁眼鏡をかけて、印象を変えていた。事務員らしく見えるように黒のスカートスーツに着替えている。

じきに新幹線が滑り込んできた。

停車する。

降車客が降りる前に乗り込んだ。数名の客に罵声を浴びせられたが、無視した。

グランクラスの車輛まで走る。

勇希がひとり扉の前で待機した。路子たちが出るまで発車できないように、扉の前で妨害する係である。キャリーバッグを一個持っている。

路子たちは一車輛分、全力疾走した。石坂雅也と秘書がちょうどホームへ降りたところだった。

グランクラスの車輛を点検する。新函館まで向かう客はひとりもいなかった。

黒革のダレスバッグが置いたままの席があった。これだと思う。

グランクラス専用の客室乗務員が歩み寄ってきた。不審な客に対しても、定番の笑顔をうかべたままだ。

路子はすぐに答えた。

「民自党幹事長、石坂雅也の事務所の者です。幹事長がバッグを忘れたので、取りに来ました」

「失礼しました。私どもが先に気が付かねばならないところ」

客室乗務員が頭を下げて見送ってくれた。

また、一車輌分走った。幹事長たちと同じ扉からは出ない方がいい。発車のベルがけたたましく鳴った。ドアサイドに着くと、勇希が駅員と問答をしていた。酔った厄介な客を装っている。

「お待たせ」

三人揃ってホームに降りると、列車はすぐに出発した。

同じ列車だが、ここまでが東北新幹線でこの先が北海道新幹線と名称が変わる。海底を走るのは北海道新幹線だ。

石坂たちは、二十メートルほど先を歩いていた。

大物政治家らしくゆっくりした足取りだ。地元紙らしい記者が歩く姿を撮影している。

石坂も秘書も荷物らしいものは持っていなかった。滞在に必要なものは、すべて県連が調達しているのだろう。

路子たちはすぐに、ダレスバッグをキャリーバッグの中に隠した。隠したところで速足で歩き、石坂たちの一行を追い越していく。

新青森駅の正面に降りると、想定通り黒塗りのハイヤーが停車していた。人のよさそうな顔をした老運転手が後部扉の前で待機していた。ハイヤーはシーマであった。

「すみませーん。石坂の車でしょうか」

路子が声をかけた。

「さようです」

間違いないようだ。

「大変申し訳ないのですがセキュリティの都合で、ホテル青森までは、私どもの運転手に代わってもらえますか、これチップです。決して石坂の事務所から出ているとは言わないでくださいね」

何食わぬ顔で言い、三万円入りの封筒を渡す。

「はい、わかりました。では、私はここで上がらせてもらいます。キーはついています」

運転手はあっさりと承諾し、駅の売店の方へと歩いて行ってしまった。

まずは、トランクを開けキャリーバッグを入れる。黒のごくありふれたキャリーバッグだ。仮に秘書がトランクを開けても、最初から入っている荷物だと思うだろう。

二種免許を持った勇希が、運転席に乗り込んだ。胸にマイクを仕込み、耳にはイヤモニを入れている。勇希もすっかり黒須機関の一員になっている。着ているのは、紺色のダイナミック交通の制服だが、それらしく見える。

「勇希頼んだわよ。私がコールしたら、あなたはすぐに降りるのよ」

「了解です。うまく、広いところに駐《と》めます」

路子と香織は、駅前の駐車場に駐めてあったダイナミックタクシーに走った。香織が運転することになった。すぐに駐車場を出る。

路子は時計を見た。

新幹線が新青森駅を出発してからすでに十分が経っていた。

運行計画では、後十五分ほどで、竜飛の海底にもぐることになっている。

石坂がハイヤーに乗り込むのが見えた。助手席に乗り込もうとする秘書を石坂が制している。

『おまえさんは、前の車で『ホテル青森』へ行って、県連の幹部たちに氷代を渡しておけ。俺と一緒じゃない方がいい』

勇希のマイクを通して、そんな声が聞こえてくる。

氷代とは、民自党が恒例にしている夏の特別活動費だ。冬の餅代と並んで、幹事長采配で、国会議員だけではなく、有力な地方議員にも配られる。

出迎えた県会議員や県庁、市役所関係者たちは、それぞれのミニバンに乗り込んでいた。

秘書は先頭の日産セレナに乗り込んだ。

石坂を乗せた黒のハイヤーを中心に総勢五台の隊列が、ゆっくりと国道に入り、市の中心部を目指している。

青森市は、在来線である東北本線の青森駅を中心に官公庁街、繁華街が形成されている。

三内丸山《さんないまるやま》遺跡に近い新幹線の新青森駅は、郊外に位置している。

十分ほどで、市の中心部へ入った。例年ならば今の時期活況を呈しているねぶた団地も閑散としていた。車列は海沿いへと入って行った。

ここで、香織に成田から電話が入った。

『いまから、野津に電話させる』

『了解』

香織が答えた。

路子は勇希に伝えた。

『勇希、人気《ひとけ》のないところに停車させて。早く』

『はい。ほとんど人気のない町ですけどね。『青い海公園』の駐車場が見えてきました。がらがらです』と小声で路子に応えてから、石坂に「幹事長、こんなときにちょっとすみません。トイレ……私、ちょっと催してきてしまって」

言いながらすでに勇希はステアリングを切っていた。黄昏《たそがれ》の海に光る公園というか、マリーナのようなウォーターフロントの敷地に入って行く。

他の車は路上で停車した。サイドウィンドーを開け、石坂が『いいから先に行け』と手を振った。勇希はすでに車を飛び出し、巨体のくせに内股で駆けている。芸が細かい。

石坂が、胸ポケットからスマホを取り出し、耳に当てた。成田が野津を拳銃で脅している姿が目に浮かぶ。

陸奥湾から、波の音が聞こえてきた。黄昏《たそがれ》に映えて、ロマンチックな光景だ。

ウィンドーを開けたままの石坂が後部席に座って、リモコンを取り出しているのが見えた。

数秒後。

ハイヤーが、一瞬にしてオレンジ色の炎に包まれた。ガソリンタンクに引火したらしく、シーマは轟音《ごうおん》と共に空中に浮いた。

「自殺ですね」

香織が言った。

「まあ、そういうことになるわね。いまに、中国工作機関の日本の中枢だったという証拠がいくつも用意されるわ。公安はその辺は上手でしょ」

路子は立ち上る火柱を見ながら、呟くように言った。

ハンカチで両手を拭きながら勇希が帰ってきた。本当に用を足してきたようだ。

「闇処理完了。東京に帰るわよ」

路子が宣言し、運転席に勇希が座り直した。

ダイナミックタクシーは、真夜中の東北自動車道を東京へと疾走した。

本作品はフィクションであり、実在の個人・団体などとは一切関係がありません。

女帝の遺言

一〇〇字書評

切り取り線

購買動機（新聞、雑誌名を記入するか、あるいは○をつけてください）	
□（　　　　　　　　　　）の広告を見て	
□（　　　　　　　　　　）の書評を見て	
□ 知人のすすめで	□ タイトルに惹かれて
□ カバーが良かったから	□ 内容が面白そうだから
□ 好きな作家だから	□ 好きな分野の本だから

・最近、最も感銘を受けた作品名をお書き下さい

・あなたのお好きな作家名をお書き下さい

・その他、ご要望がありましたらお書き下さい

住所	〒				
氏名		職業		年齢	
Eメール	※携帯には配信できません	新刊情報等のメール配信を 希望する・しない			

この本の感想を、編集部までお寄せいただけたらありがたく存じます。今後の企画の参考にさせていただきます。Eメールでも結構です。

いただいた「一〇〇字書評」は、新聞・雑誌等に紹介させていただくことがあります。その場合はお礼として特製図書カードを差し上げます。

前ページの原稿用紙に書評をお書きの上、切り取り、左記までお送り下さい。宛先の住所は不要です。

なお、ご記入いただいたお名前、ご住所等は、書評紹介の事前了解、謝礼のお届けのためだけに利用し、そのほかの目的のために利用することはありません。

〒一〇一－八七〇一
祥伝社文庫編集長　坂口芳和
電話　〇三（三二六五）二〇八〇

祥伝社ホームページの「ブックレビュー」からも、書き込めます。
www.shodensha.co.jp/bookreview

祥伝社文庫

女帝《じょてい》の遺言《ゆいごん》　悪女《あくじょ》刑事《デカ》・黒須路子《くろすみちこ》

令和 3 年 7 月 20 日　初版第 1 刷発行

著　者　沢里裕二《さわさとゆうじ》
発行者　辻　浩明
発行所　祥伝社《しょうでんしゃ》
東京都千代田区神田神保町 3-3
〒 101-8701
電話　03（3265）2081（販売部）
電話　03（3265）2080（編集部）
電話　03（3265）3622（業務部）
www.shodensha.co.jp

印刷所　堀内印刷
製本所　ナショナル製本
カバーフォーマットデザイン　芥 陽子

Printed in Japan ©2021, Yuji Sawasato ISBN978-4-396-34742-0 C0193

祥伝社文庫の好評既刊

沢里裕二

淫爆《いんばく》 FIA諜報員 藤倉克己《ふじくらかつみ》

爆弾テロから東京を守れ！ あの『処女刑事』の著者が贈る、とっても淫らな国際スパイ小説。

沢里裕二

淫奪《いんだつ》 美脚諜報員 喜多川麻衣《きたがわまい》

現ナマ四億を巡る「北」の策謀を阻止せよ。局長の孫娘にして英国諜報部仕込みの喜多川麻衣《きたがわまい》が、美脚で撃退！

沢里裕二

淫謀《いんぼう》 一九六六年のパンティ・スキャンダル

一枚のパンティが領土問題を揺るがす。蠢く大国の強大なスパイ組織に対して、体を張ったセクシー作戦とは？

沢里裕二

六本木警察官能派 ピンクトラップ捜査網

ワルい奴らはハメる！ 美人女優を脅迫者から護れ。これが秘密護衛チーム、六本木警察ボディガードの流儀だ！

沢里裕二

悪女刑事《デカ》

押収品ごと警察の輸送車が奪われた！狙った犯人を絶対に逃さない女刑事黒須路子の㊙作戦とは？ 極悪警察小説。

沢里裕二

危《あぶ》ない関係 悪女刑事《デカ》

警察を裏から支配する女刑事黒須路子。ロケットランチャーをぶっ放す、神出鬼没の不良外国人を追いつめる！

祥伝社文庫の好評既刊

沢里裕二　悪女刑事《デカ》　無法捜査

警察を裏から支配する女刑事黒須路子が、はぐれ者を集め秘密組織を作った。最凶最悪の半グレの野望をぶっ潰す！

沢里裕二　悪女刑事《デカ》　東京崩壊

緊急事態宣言下の東京で、キャバクラの爆破や略奪という不穏な事件が頻発。謎の組織の暗躍を摑んだ悪女刑事は……。

沢里裕二　悪女刑事《デカ》　嫉妬《しっと》の報酬

悪女刑事・黒須路子の後ろ盾が死んだ。飛び降りたカップルの巻き添えを食ったのだ。それが周到な罠の幕開けだった。

草凪　優　ルーズソックスの憂鬱《ゆううつ》

人生を狂わせた女子高生純菜《じゅんな》が、二十年後、人妻として隣に越してきた。矢崎孝之は復讐を胸に隣家を覗《のぞ》くと……。

草凪　優　悪の血

宝物である悪友の妹・潮音《しおね》をレイプされた――ドラッグの売人で社会の底辺で生きる和翔《かずと》は復讐を決意する。

安東能明　限界捜査

人の砂漠と化した巨大団地で消息を絶った少女。赤羽中央署生活安全課の疋《ひき》田《た》務《つとむ》は懸命な捜査を続けるが……。

祥伝社文庫の好評既刊

安東能明　ソウル行最終便

日本企業が開発した次世代8Kテレビの技術を巡り、赤羽中央署の疋田らが韓国産業スパイとの激烈な戦いに挑む！

安東能明　彷徨捜査　赤羽中央署生活安全課

赤羽に捨て置かれた四人の高齢者の身元を捜す疋田。お国訛りを手掛かりに、やがて現代日本の病巣へと辿りつく。

梶永正史　ノー・コンシェンス　要人警護員・山辺努

襲撃に次ぐ襲撃！　銃弾降り注ぐ銃撃戦、白熱のカーチェイス……。警察小説の名手が贈る、圧巻のアクション！

安達　瑶　正義死すべし　悪漢刑事

現職刑事が逮捕⁉　県警幹部、元判事が必死に隠す司法の〝闇〟とは？　別件逮捕された佐脇が立ち向かう！

安達　瑶　殺しの口づけ　悪漢刑事

不審な焼死、自殺、交通事故死……。不可解な事件の陰には謎の美女が。佐脇の封印された過去が明らかに⁉

安達　瑶　生贄《いけにえ》の羊　悪漢刑事

警察庁への出向命令。半グレ集団の暗躍、庁内の覇権争い、踏み躙《にじ》られた少女たちの夢――佐脇、怒りの暴走！

祥伝社文庫の好評既刊

南 英男　暴露　遊撃警視

美人TV局員の失踪で浮かび上がる炎上ポルノ、暴力、ドラッグ……行方不明と殺しは連鎖化するのか？

南 英男　異常犯　強請屋《ゆすりや》稼業

悪党め！　全員、地獄送りだ！　一匹狼の探偵が怒りとともに立ち上がる！　甘く鮮烈でハードな犯罪サスペンス！

南 英男　奈落　強請屋《ゆすりや》稼業

違法カジノと四十数社の談合疑惑。悪逆非道な奴らからむしり取れ！　一匹狼の探偵が大金の臭いを嗅ぎつけた！

南 英男　挑発　強請屋《ゆすりや》稼業

一匹狼の探偵が食らいつくエステ業界の華やかな闇――美しき女社長は甘くて怖い毒を持つ⁉

南 英男　暴虐　強請屋《ゆすりや》稼業

東京湾上の華やかな披露宴で大爆発！　連続テロの影に何が？　一匹狼の探偵が最強最厄の巨大組織に立ち向かう！

南 英男　悪謀　強請屋《ゆすりや》稼業

殺人凶器はインデイアン・トマホーク。容疑者は悪徳刑事……一匹狼探偵の相棒が断崖絶壁に追い詰められた！

祥伝社文庫の好評既刊

結城充考
捜査一課殺人班
狼のようなイルマ
暴走女刑事・入間祐希、誕生――!!
検挙率№1女刑事、異形の殺し屋と黒社会の刺客との死闘が始まる。

結城充考
捜査一課殺人班イルマ
ファイアスターター
嵐の夜、海上プラットフォームで起きた連続爆殺事件。暴走女刑事・イルマ、嗤う爆弾魔を捕えよ！

結城充考
捜査一課殺人班イルマ
エクスプロード
元傭兵の立て籠もりと爆殺事件を繋ぐものとは？　復讐の破壊者が企む世界破滅計画を阻止せよ――！

結城充考
捜査一課殺人班イルマ
オーバードライヴ
元都議の毒殺現場に臨場した捜査一課殺人班・入間祐希は、毒物専門の殺し屋蜘蛛が拘置所を脱走したと知り……。

香納諒一
約束　K・S・Pアナザー
すべてを失った男、どん底で夢を見る少年、崖っぷちの悪徳刑事――三つの発火点が歌舞伎町の腐臭に引火した！

青柳碧人
悪魔のトリック
強い殺意を抱く者に、悪魔はたった一つだけ、超常的な能力を授けていく。不可能犯罪を暴く新感覚のミステリー。